KEITAI
SHOUSETSU
BUNKO
野いちご SINCE 2009

ツンデレ王子と、
溺愛同居してみたら。
SEA

スターツ出版株式会社

イラスト／奈院ゆりえ

誰かを好きになっても傷つくだけだと思ってた。

　だけどね、キミと出会ってキミのことを知れば知るほど、淡いピンク色をした気持ちが風船のように膨らんでいって、いつの間にかキミがいないとダメになっていた。

「泣きたいなら、泣けば？」
　冷たい言葉の裏に隠された不器用な優しさも。

「好き……って言ったら同じ言葉が返ってくる？」
　チョコレートのように、とびきり甘い素顔も。
　全部、全部、あたしの心を掴んで離してくれない。

「このまま、俺に溺れちゃいなよ」
　キミのすべてに、もう溺れて抜け出せない。

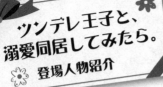

ツンデレ王子と、溺愛同居してみたら。
登場人物紹介

——— ヒロイン ———

水沢　真心
（みずさわ　まこ）

曲がったことが大嫌いな、明るくまっすぐな性格。世話焼きな一面もあり、楓希のことをほっとけない。次第に楓希のツンデレな行動に振りまわされるようになって…。

——— ヒロインの親友 ———

菊川　果歩
（きくかわ　かほ）

真心の親友。よく彼氏とケンカしてしまうけど、恋に積極的な元気な女の子。

contents

1 LDK♡
同居、はじめます　　　　　10
クールなくせに　　　　　　42
お前……、ムカつくんだよ　61

2 LDK♡
アイツのこと、好きなの？　　88
俺にだけドキドキしてろよ　　106
もっと、俺を頼っていいから　117

3 LDK♡
キミには全部、話します　　　140
俺、片想いやめようと思う　　147
お前のためじゃない　　　　　159

4LDK♡

俺も男なんだけど	182
誰にも渡さない	192
好き、らしいです	200
自分の気持ちに素直になれよ	225

5LDK♡

ねえ、教えてよ	238
本気で好きだったから	248
好きだけど	260
このまま、俺に溺れちゃいなよ	263

文庫限定　番外編
| これからもずっと、キミの虜 | 276 |

| あとがき | 292 |

1 LDK♡

同居、はじめます

「まこぉ～～……」
　朝、学校についたあたしに泣きついてきたのは……親友の果歩。
「おはよ、果歩。またなんかあったの～？」
　こんなの日常茶飯事で驚きもせず、返す言葉も、ほぼ決まっている。
　だから、果歩にそう返事をしながら、自分の席に行って腰をおろす。
　すると、その前の席のイスを雑に引き、まるで自分の席のように座る果歩。
「聞いて～、またケンカしたの」
「また？　もう今月で何回目？」
　まぁ、そんな話だろうとは思っていたけど……。
　果歩には年上の彼氏がいる。
　といっても、大人っぽい感じの彼氏じゃなくて、どちらかというと子供っぽい。
　その彼氏と何度も何度もケンカしてしまうんだとか。
　そのたびにあたしに泣きついてくるのに、次の日になればケロッとしてて、仲良さそうに手をつないで帰るんだ。
　だから今回もたいしたことではないだろう。
「何回目だろ……。なんかいつも突っかかってケンカになるんだよね……」

しょぼん、と悲しそうに眉を八の字に下げて机に頬杖をつきながら言った果歩。
「ヤキモチ？」
「ううん。今回は価値観の違い的な？」
「へぇ。あたしには彼氏なんかいたことないからわかんないや」
「真心も早くいい人見つけなよ！」
　そう言った果歩はさっきとはまるで違う、ぱあ、っと花が咲いたような表情を浮かべ、あたしの肩をぐらんぐらん、と揺する。
「そんなに早く見つけられたら、今こんなに苦労してないってば」
　そもそも、出会いがない。
　合コンも誘われるけど好きじゃないから断るし、普段から男の子と関わりがあるわけでもない。
　一方、果歩は合コン好きだし、クラスの男子ともすごく仲がいい。
　あたしと果歩は似ても似つかない。
　でも、そんな果歩を心のどこかで羨ましいなと思ってもいる。
「ほら〜、あの有村くんとかどう？」
　そう言って、果歩は少し先にいる有村楓希のほうへと視線を移す。
　あたしもつられて視線を移すと、そこには自分の席に座って静かに本を読んでいる有村くんがいた。

彼の前の席には仲のいい友達の金田将司くんが座って笑顔で有村くんに話しかけている。
　でも、有村くんの視線は金田くんには向いていなくて、ずっと本に向いたままだ。
　そんなに本に集中しなくても……と思いながら視線を果歩のほうへと戻す。
「いやいや、あたし、クールな人ってあんまり好みじゃないし」
　クールな人って何を考えてんのかさっぱりわからないし、ワイワイ騒ぎたいあたしとしては……やっぱり性格が合わなさそう。
　実際、有村くんは女嫌いって噂だし。
「そうだね。真心はどちらかというと金田くんタイプだもんね～」
「わかってるなら言わないのっ！」
「ていうか！　今日"あれ"だよね！」
　いきなり話をそらしたかと思えば、あたしの目の前にはニコニコと眩しいくらいの笑顔を浮かべる果歩がいる。
　さっきの落ち込みはどこへ行ったのやら……。
「何……？　あれって？」
　今日、誰かの誕生日だったっけ？
　必死に頭をひねらせても答えは出てこない。
　うーん……なんだろ。
「いやいや、もう忘れたの？　昨日、荷造り手伝ってくれてたじゃん！」

若干呆(あき)れたように果歩は言う。
　荷造り……？
　そのキーワードで、あたしの頭の中にやっと答えが浮かんできた。
「あぁーっ！　部屋移動のことね！」
「そうそうっ！　誰が隣の部屋だろうね～」
　そう話す果歩の頬は緩んでいて、あたしはその頬を軽くぺしっ、と叩(たた)いた。
「あんたには先輩がいるでしょーが」
「いや、あたしは彼氏の部屋が変わるのがうれしいの」
「あ、そうなの？」
「やだなぁ～……!!　だって、あざとい女が隣で本当に大変だったんだから～。そのことで何回もケンカしては真心に泣きついて迷惑かけちゃったよね」
　楽しそうに語ってるけど、こっちは何回寝不足になったかっていうぐらい大変だった。
　夜中に電話してきては、あたしの部屋に泊めてと泣き出し、何度朝まで果歩のことを慰(なぐさ)めたと思ってるの？
　まあ、親友が泣いてるのに放っておくわけないけどね。
　あたしの学校には校舎のすぐ隣に寮があり、おもに県外からの生徒が利用していて、果歩やあたしはもちろん、果歩の彼氏もその寮に住んでいる。でも、彼氏の隣部屋の女子が彼氏にちょっかいを出していたのが原因で、果歩たちはよくケンカをしていたのだ。
「なんでもいいけど、今年は平和な部屋割りになることを

祈るよ……」

　今時ありえないけど、うちの学生寮は男子と女子で寮が分かれていない。しかも、ルームシェアなんてかわいいものでもなく、部屋は1人1部屋と決まっている。

　さらに、部屋割りはクジ引きで決められるので、男女が隣同士になるだってありえる。ちなみに、クジ引きは1年に1回行われ、今年は今日がその日に当たるのだ。

　今年も、果歩と彼氏は寮生活。

　でも、あたしは親をなんとか説得して、今年から寮には入らずに学校から徒歩5分ほどのところにあるマンションで1人暮らしをはじめる。

　寮は至れり尽せりだったけど、1人暮らしとなれば、環境も変わるから大変なんだろうな。

「真心は今年から1人暮らしだもんね。ちょっと寂しくなっちゃうよ」

　寂しそうな表情を浮かべ、そしてなぜか感慨深そうに言う果歩。

　1年という月日はあっという間だった気もするし、とくに私生活で変わったこともなかった。ただ、1人暮らしは本当は少し寂しいし、不安もたくさんある。

「何事もなく1年過ごせてよかったよ」

「1人暮らしで、恋のハプニングでもあればいいね！」

　荷物はもう住む部屋に運んであるし大家さんもいい人だったけど、お隣さんの姿を見ていなくて、大家さんいわく、あたしと同じ日に引っ越してくるらしい。

どんな人なんだろう。
　ちょっとだけ楽しみだなあ……女の人だといいなあ。
「なに言ってんの。あたしはとにかく果歩の隣の部屋がいい人になること祈ってるよ」
「ごめんごめん。ありがと！　放課後が楽しみだ〜」
　放課後になったらクジ引きがはじまり、寮の入り口に何号室か張り出される。
　人のことではあるけど、なぜかドキドキする。
　こういうのはあんまり興味がないんだけど、去年が去年だったから、果歩の彼氏の隣にはいい人が来てくれることを祈るしかない。
　だって、果歩の泣いているところよりも幸せそうに笑っている姿を見ていたいから。
「だね〜」
　どうか、果歩の隣はいい人で、彼氏さんのお隣さんも素敵な男性でありますように。

　どんな人が隣人なのか、果歩の部屋はどこなのかなど楽しみがあるからなのか、いつもなら退屈で長く感じる授業も今日は早く感じて、気づけば放課後になっていた。
「真心〜っ！　早く行こっ!!」
　頭の上に音符マークをつけた果歩がニコニコとかわいらしい笑顔を浮かべ、スキップをしながら、こちらにやってくる。
　なんか、小動物みたいでめちゃくちゃかわいいっ……！

「はいはいっ!!　いま行く!!」
　楽しそうにしている果歩を見て、あたしも気分が上がって自然と頬が緩む。
　そして、いつもはベラベラと愚痴や果歩の恋バナをしながら、のろのろと歩きながら帰る道も、今日はありえないぐらいのスピードでダッシュ。
　やっとたどりついた寮の前にはたくさんの生徒がいて、張り出されている紙を見て、ため息をつく人もいれば、キャッキャッキャッ、と抱き合って喜ぶ人もいる中……。
　あたしは、複雑な気持ちで紙を見つめていた。
　なぜならば、私の願いもむなしく果歩は彼氏と近くの部屋ではなかったからだ。それに加えて、
「げっ……泰人とあの女、また隣同士だ……」
　隣から聞こえてきたのは、いつもより声がワントーン低い果歩の声。
　泰人とは、果歩の彼氏さんのこと。
　果歩は心底気に食わないとでもいうような、怖い顔をしていた。
　まあ、そりゃあ自分の彼氏を狙ってる女子が彼氏の隣の部屋だったら嫌だよね。
「も〜、真心〜最悪なんだけど」
「まあー……どうせ、去年みたいに部屋の行き来するんでしょ?」
　人前でも気にせずにイチャイチャできる果歩たちはすごいと思う。

あたしなら、恥ずかしくてできないから。
　ちなみに、部屋の行き来が学校にバレたら処分は確実なんだけどね。
　果歩たちは幸い、まだバレたことがない。
　本人たちいわく、そのハラハラも青春っぽくていいんだとか。
「うん～……なんかケンカしてるのに会いたくなってきちゃった」
　ほら、もうこんなにのろけてるし。
　やっぱり、2人はどんなにケンカしてもラブラブでかわいいカップルだと思う。
「なら、荷物を移動させたら行ってきなよ。あたしは家に帰ってお隣さんに挨拶して部屋で荷解きしてるから」
「そうする！　仲直りしたら連絡するね！」
「うん！　待ってるね！」
　そしてルンルン、と鼻歌を歌っている果歩と「また明日」と言い合って別れた。
　あたしもお隣さんにご挨拶したら、荷解きして早く部屋でゆっくりしよーっと。
　このときのあたしは、まさかこのあと"とんでもないこと"が待ち受けているとは思ってもみなかったのだ。

　カギをマンションの管理室にもらいに行くと、あるはずのカギがなく、それに気づいた管理人さんが「あの角部屋のカギ、さっき取りに来た人に渡したよ」と教えてくれた。

あれ……？
　親は荷物を運んでもらったから来るわけないし、誰だろう。
　誰か間違えて持っていっちゃったのかな……。
　今日引っ越してくる子かもしれないし、それなら早く行ってカギを返してもらわないと。
　そう思い、一度あたしが借りた部屋に行くことにした。
　ていうか、隣……どんな人なんだろう。
　角部屋だから片方にしか人はいないけど、あたしの頭の中は隣の人のことでいっぱい。
　だって……すごく怖そうな人だったらどうする!?
　ドキドキしながら、部屋に向かう。
　そして、ついた部屋の前で一度大きく息を吸ってフゥー、と吐き出した。
　ドアノブに手をかけてガチャッ、という音とともに扉を開ける。
　そこには１足のローファーがあった。
　やっぱり、間違えてカギを持っていってたんだ。
　というか、足のサイズ的に男子……？
　なんか嫌な予感がしたけど、リビングへと向かう。
　でも、リビングについてあたしは自分の頬を思いきり引っ張った。
　だって、そこにはありえない光景が広がっていたから。
　夢じゃないかって……。
　でも、どうやらこれは現実のようで、何度頬を引っ張っ

てみても激痛が走るだけ。
「……なんでいるの?」
　先に声を上げたのは彼だった。
　そう、あたしの目の前にいるのは……今朝果歩と噂をしていた有村くん。
　な、なんでって……ここはあたしの部屋なんだけど。
　それを聞きたいのは、あたしのほうだし。
　というか、キミが部屋を間違っているんだよ。
「ここあたしのへ……や……です……」
　あまりにも鋭く睨（にら）んでくるもんだから、怖くなって語尾の声が小さくなるし、敬語なんか使ってしまった。
　何もそんなに睨まなくてもよくない?
　まるで、不審者を見るかのような目つき。
「……寝ぼけてんの?」
　……は?
　彼の口から出てきた言葉は衝撃的なものだった。
　寝ぼけて、こんなところに来るわけないでしょーが!!
「そっちこそ、なんの悪ふざけですか?」
　わざと間違えたわけじゃないのはわかっているけど、人が借りた部屋に入り込んでくるなんて。
　しかも、部屋の主のあたしが入ってくる前に。
　失礼すぎじゃない?
「ここ、俺の部屋なんだけど」
　彼のその言葉に、あたしは再び自分の耳を疑った。
　なんて……?　自分の部屋だと?

何が言いたいんだかさっぱりわからないよ。
「こんなときに冗談やめてよ。あなたがあたしの部屋のカギを間違えて持っていったんでしょ」
「そっちこそなんの冗談?」
　いや、あたしは事実を述べたまでなんですけど。
　彼の目つきは、恐ろしいほどに鋭くなっていく。
　ちょっと……その目は怖いからやめてくれないかな。
　見ているだけで殺されてしまうんじゃないかと思える視線だ。
「え……ほんと意味がわかんないんだけど」
　なんでここが有村くんの部屋なの?
　頭がこの状況についていかないんだけど……。
「番号、見間違えたんじゃねえの?」
　手には今朝読んでいた本を持っていて、備えつけられているソファに腰をかけている有村くん。
　こんな状況だというのに、よくそんなに落ちついていられるよね……。
「あたしがそんな間違いするわけないじゃん……!」
　これでも、目はいいんだからね……っ!
　しかも、ちゃんとこの目で内見もしたし、荷物も運んであるし、確実に間違っているのは有村くんのほうだ。
「……そうか? バカそうに見えるんだけど」
　ば、バカ……!?
　彼の視線は本へと向いているから余計にイライラする。
　今ぐらい、あたしに意識を向けてもいいんじゃないです

か〜?
「し、失礼な……! こうなったら大家さんのところに行くしかない!!」
　詳しいことを知っているのはここを管理している大家さんだから、大家さんに聞きに行くのが一番早い……っ!!
　そして、有村くんを追い出してあたしの部屋を取り戻すんだから……!
　覚悟しといてよ!! 有村くん!!
　あたしはドタバタ走って部屋を出ようとしたけど、彼はいまだに読書に夢中。
　……何してんの?
「ちょっと、あんたも一緒に行くんだから!」
　そう言って、またリビングまで戻り、無理やり有村くんをソファから立ち上がらせる。そして本を奪い取って前にある机に置いてから腕を掴むと、なかば強引にドアの前まで連れていく。
「……離してくれる? それに気安く触んなよ」
　いきなりのことに、かなりイラついている様子の有村くん。
　でも、あたしはガン無視。
　だってどっちの部屋か確かめに行くんだから、2人で行かなきゃ意味ないでしょ?
　それに出ていくのは有村くんのほうなんだから、あんたがいないとダメなの!
「耳……ついてる? つーか、ちゃんと機能してる?」

なんて彼はグチグチ言ってるけど、全部無視して大家さんのところへと向かう。
　ていうか、さっきから思ってたんだけど……有村くんってめちゃくちゃ毒舌じゃん……。
　大家さんの部屋の前について有村くんの腕を離すと、頭上からチッと怒りの込められた舌打ちが聞こえてきた。
「なんなんだよ……まったく……」
　予想以上にご立腹のようです。
　でもね、これはとーっても大事なことなんだから。
「だって、どっちの部屋か確かめなきゃいけないじゃん」
　そう言って、インターフォンをピンポーンと鳴らす。すると、「はい」という落ちついた声が聞こえてきた。
　「だからってなんで俺が……」なんて言いながら髪の毛をクシャッ、とかいている彼を無視して、あたしは言葉を発した。
「あの、本日引っ越してきました水沢(みずさわ)ですが、お話ししたいことがありまして今大丈夫ですか？」
「あら、何かしら？　今、カギ開けるから待っててちょうだい」
　その言葉が聞こえてきてからすぐにガチャリと扉が開いて、中から優しい雰囲気をまとったふくよかなおばさんがニコリと微笑みを浮かべながら、顔を覗(のぞ)かせた。
　この人が大家さん。
　いつもニコニコしていて、思わず「お母さん」と呼びたくなる感じの人だ。

「こんにちは。突然すみません」
「いいのよ。水沢さんだけじゃなくて有村くんまでどうしたの？　まあ、ここじゃなんだから上がってちょうだい」
　大家さんの言葉に甘えて、家の中にお邪魔させてもらうことにした。
　そして、あたしの後ろから面倒くさそうに有村くんが入ってくる。

「2人とも同じ学校だったのね。仲良しなの？」
　ソファに腰をおろすなり、大家さんが他愛(たあい)もない会話を振ってきた。
「あ、いや……」
「ただのクラスメイトです」
　あたしが否定する前に有村くんが答える。
　さっきまで無言だったくせに、なんでこんなときだけは反応が早いのよ。
　本当にムカつく。ただのクラスメイトだなんてわかってるってば。
「あら、そうなの。そういえば話があるって言ってたけど何かしら？」
　不思議そうに首をかしげながら大家さんは言った。
「じつは、有村くんが間違ってあたしの部屋に来てまして、有村くんの本当の部屋はどこなのかと尋ねに来ました」
「おい、お前が間違ってるんだって」
　あたしの言葉に、すかさず有村くんが反論する。

「だから違うって」
「それは大変ね。すぐに確認してくるわね」
　大家さんは慌てた様子で立ち上がり、引き出しから書類らしきものを取り出した。
　そして、大家さんはその書類を見て、一度大きく目を見開いてから心なしか申し訳なさそうに笑った。
「ごめんなさいね。こちらの手違いで２人は同じ部屋だったみたい」
　ええ!?　そんなことってあるの？
　まあ、でも手違いは仕方ない。
　誰にだって間違いはあるんだから。
「じゃあ、新しい部屋を……」
　あたしがそう言うと、大家さんはもっと申し訳なさそうな顔を浮かべてあたしたちを見てきた。
　な、なんですか……その意味深な表情は。
「それが、空いてる部屋がないのよ」
　ん……？
　大家さんの口から放たれた言葉に、あたしは思わず自分の耳を疑った。
　今のは、あたしの聞き間違いだよね？
　空いてる部屋がない、なんて言ってないよね？
　絶対、絶対に聞き間違いだよね？
「マジ……っすか」
　先に反応したのは、あたしではなく有村くん。
　信じられないとでもいうような表情をしている。

たぶん、あたしも今そんな顔をしていると思う。
　だって、信じられないし、信じたくもない。
「じゃあ、どうするんですか？」
　どっちかが寮や実家に戻るとか!?
　それだったら、学校に理由を説明してあたしは寮に戻ろうかな！
　果歩もいるしね。
　だけど、そんなふうに考えていたあたしを突き落としたのは有村くんの言葉だった。
「1回、退寮手続きをしたら、1年間は戻れねえのに……お前が出ていけよ」
　えぇ!?　待って、そんな規則あったなんて知らなかったんだけど！
　本当にどうしよう。実家からなんてとてもじゃないけど通えないし。
「なんであたしなの!?」
「俺の部屋だから」
「意味わかんない！」
　本当に優しさの欠片もない男だ。薄情なヤツめ。
「本当にごめんなさいね。もしよかったら、1年間だけ2人で住まない？　2LDKだし、1年後にお隣さんが引っ越されるのも決まってるのよ」
「え？」
「は？」
　ちょっと大家さん、何サラッと澄ました顔で爆弾落とし

てるんですか……!?
　有村くんとルームシェアとか絶対ありえないし、嫌なんだけど……!!
　なに考えてんのかわかんないし、女嫌いだし、怖いし、とにかく無理……っ!!
「無理です……っ!　無理!!」
　あたしが大家さんに向かって言うと、大家さんはあたしと有村くんを交互に見てふわっと柔らかく笑った。
「家賃は半額で、それを2人で払ってくれたらいいよ。ダメかしら?」
　なんて眉を八の字に下げながら、どこか真剣な目で提案してきた大家さん。
　しかも、家賃は半額!
　だから……あたしたちは……。
「「はい」」
　そう言うしかなかった。
　本当に心の底から申し訳なさそうにしている大家さんを見ていると何も言えないし、何より家賃半額に負けてしまった。
　だって、家賃半額なんてありがたすぎるし、ここのマンションはまだ建ってからそんなに年数がたっていないからきれいだし。
「ありがとう!　困ったことがあったらなんでも言ってね」
　さっきの表情とは打って変わり、ニコニコといつもの眩しいほどのスマイルあたしたちに向けている大家さん。

それから、大家さんと世間話をして部屋を出た。
　——バタンッ。
　扉が閉まると、あたしは有村くんのほうを見た。
　どんな顔してるんだろ……って気になったから。
　でも、すぐに見なきゃよかった……と後悔。
　だって、そこには眉間にシワを寄せて心底嫌そうな顔をしている有村くんがいたから。
　そんなの、あたしだって嫌だし……。
「マジで最悪」
　それだけぼそっと呟くと、スタスタとあたしを置いて歩いていってしまう。
　だから、最悪なのはこっちも一緒だってば!!
　そんなことを心の中で言いながら、あたしも彼に追いつかないように少し距離を開けて歩き、部屋まで戻った。
　部屋に戻ると、また有村くんはリビングのソファを独占して本を読んでいた。
　な、何よ、あれ……。
　自分の家みたいな態度……。
　こんな展開になるなら、隣がとても怖そうな人のほうがまだマシだったよ……。
　なんで、よりにもよってあたしなわけ？
　マジでありえないんだけど。
　しかも、こんなこと誰にも言えるわけがない！　果歩に愚痴すら言えないじゃん!!
「あのさ、あっちの部屋使って」

そんなことを考えながらイラついていると、ふいに声が聞こえてきた。
　声がしたほうに顔を向けると、なんと有村くんが本から顔を上げ、1つの部屋のドアを指さしていた。
　それって、つまり『この部屋を使え』ってことだよね。
　使おうと思っていた部屋じゃないし、なんでそんなことまで決められなきゃいけないの……と文句を言いそうになったけど、さすがに疲れたので言葉をのみ込む。
　まあ、部屋は幸い2つあるしね……。
　さらにイライラしながら荷物を自分の部屋に持っていこうとキャリーケースをゴロゴロと引く。
「あとさ、うるさい」
　視線は本に向けたままで有村くんは言った。
　ムカつく……。
　なんなの？　あんたは何様のつもりなのよ……!!
　ここは、あたしの部屋でもあるんだから!!
「それはごめんなさいね……！」
　嫌味ったらしく言うと、静かに部屋まで荷物を持っていった。
　部屋に入ってみると、あるはずのベッドがない。
　え……？　なんで？
　あるのはタンスと机……そして布団だけ。
　あたしが内見のときに見た部屋は、もっと豪華で机やタンスはもちろんベッドもソファもあったのに!!
　ここのマンションは、ありがたいことに家具や家電、必

要最低限の食器や調理器具がついているのだ。
　あたしはすぐに部屋から出て、隣の有村くんの部屋に無許可で入った。
「あ、ちょ……おい……っ！」
　後ろから有村くんの声がしたけど、ガン無視。
　部屋に突入すると、内見したときと変わらず、そこにはベッドもソファも机もタンスもある。
　やっぱり……。
　あたしの部屋は基本は使わない部屋。
　だから、最低限のものしか置いてなかったんだ。どうせ荷物置きだし、と思っていて、内見時に確認してなかった！
「不法侵入」
　すぐ後ろで、有村くんが眉をひそめてあたしを見おろしていた。
「ちょっと、ズルくない!?　有村くんの部屋、ベッドあるし!!」
「別にそんなの知らねぇし。早い者勝ちだろ」
「部屋、交代しよ！」
　そう言って、あたしは無意識に有村くんの腕を掴んで揺すっていた。
　すると、彼は思いきりあたしの手を振り払い、さらにキッと鋭く睨みつけながら口を開いた。
「絶対無理」
　そして、またリビングのソファに戻っていった。
　……は？

めちゃくちゃムカつくんだけど。
何？　あの上から目線……!!
言葉が足りてないし……!!
でも、これから平和に暮らすためにも、部屋の交換は諦めたほうがよさそう。言い争うのは疲れたし、一緒に住むことになった以上、気まずいままはよくないしね……。
あたしはため息をつきながら自分の部屋に行くと、スマホをポケットに入れ、有村くんがいるリビングへと向かう。そして、有村くんの隣にドカッと腰をおろし、スマホをいじりはじめた。
でも彼は、あたしが隣に座っていても動じることなく、彼の視線はずっと本に向いたまま。
一緒に住むあたしよりも本のほうに夢中なの……!?
「ねぇ、有村くん」
あたしは１年間、一緒に生活する彼のことを知っておいたほうがいいと思ってるし、嫌でも一緒の部屋にいなきゃいけないんだから仲良くなりたいと思い、声をかけた。
もちろん、スマホはちゃんとポケットに入れて。
「……」
だけど、彼から返答はない。
あれー……？　無視ですか？
「ねぇってば」
「……」
いや、絶対聞こえてるでしょ!!
ここからあたしの声が聞こえてなかったら、聴力検査し

たほうがいいよ!?
　わざと無視してるなら、ほんと嫌なヤツ。
「聞こえてるよね？」
「……聞こえてない」
　やっと、返答があったと思えば意味不明。
　それは聞こえてる類に入るからね。
　聞こえないフリにも無理があるよ。
　でも、なんか楽しくなってきたかも。
　有村くんをいじるの、もしかして面白い？
「ふーん、聞こえてないんだ。ふぅちゃん」
　あたしは前を向いて、少し頬を緩めながら言った。
　楓希って名前だから、ふぅちゃんと呼んでみた。
　どこからどう見ても"ふぅちゃん"なんて似合わない有村くん。
「……は？　キモいんだけど」
　やっと、あたしの声にまともに反応した彼。
　でも、彼は眉をひそめて心底不愉快そうな表情だった。
「き、キモい……!?　いいじゃん！　ふぅちゃん！」
　見た目がクールで怖いから、『ふぅちゃん』って呼んだらなんか雰囲気が柔らかく感じるじゃん。案外いいと思うんだけど。
「つーかさ、さっきからなんなの？」
　そう言って、迷惑そうな表情を浮かべている有村くん。
「必要最低限のこと以外、話しかけてくんな」
　さらにそう続けると、再び視線を本に戻した。

なっ……なっ……なんてヤツだ。
　やっぱり、有村くんは苦手だ。
　人を寄せつけないようなそのオーラは、あたしがもっとも苦手とするもの。
　みんな、こんな人のどこがいいのか。有村くんが人気な理由がわからないよ。
「はいはい、わかりました」
　あたしはそう言うと、ポケットからスマホを取り出して恋愛小説を読みはじめた。
　読みかけのやつがあったんだよね〜！
　こんなこと実際にはないんだけどね〜と思いつつも、ニヤニヤしてしまうのを抑えながら、小説を読み終えてキッチンに向かう。
　ヤバかった〜……!!
　あの主人公の男の子カッコよすぎでしょ!!
　いいなぁ、あんな恋愛してみたい。
『俺にはお前が必要なんだよ』
　なんてイケメンに言われてみたい……!!
　時刻は18時すぎ。
　小説の余韻から抜け出して、そろそろ夕飯の支度をしないと。
　寮の夕飯は、食堂で食べても自炊でもどちらでもいいことになっていたけど、あたしは自炊をしていた。
　だって、そっちのほうが自分の好きなの食べれるるし。
　そのおかげで、ある程度の料理は作れるようになった。

食材は先ほど大家さんから部屋の手違いをしたお詫びで野菜や卵などをおすそ分けしてもらったから、冷蔵庫から必要な食材を取り出す。
　……これって有村くんのも作ったほうがいいのかな？
　せっかくだし作ろう。もし『いらない』と言われたら明日お弁当のおかずにすればいい。
　ってことで、今日は手軽にできるオムライスで。
　卵を割って、野菜をトントンッ、と切ってからフライパンに油を引いて……。
　おいしそうな匂いが部屋いっぱいに広がる。
　ん〜、我ながら上手くできそうだ。
　1年も料理してたら、勝手に身につくもんなんだね。
「……なに作ってんの」
　匂いに気づいたのか、キッチンへやってきた有村くん。
　しかも、これからご飯を炒めて、ケチャップを入れるぞっ！っていうとき。
「夜ご飯」
　だから、返答はテキトーなものになってしまった。
　仕方ない、料理に集中してるんだから。
「……俺、トマト嫌いなんだけど」
　ぼそっ、と恥ずかしそうに言った彼。
　その声はすぐにジュージューとうるさい炒める音にかき消されたけど、あたしには確かに聞こえた。
　でも……。
「え？　なんて？　聞こえなかった」

ちょっとぐらい、さっきの仕返しをしてもいいじゃない。
　　トマトが嫌いなんて、知らないフリをする。
「……なんでもない」
　　すると、再びソファに戻って黙々と本を読みはじめた有村くん。
　　なんか、拗(す)ねた子供みたいでかわいかったんだけど。
　　さっきまでは憎たらしかったのに……有村くんって母性本能くすぐるようなもの持ってたりする？
　　まあ、あたしもそこまで意地悪じゃないから、ケチャップを入れるのをやめて味つけを変えた。
　　ギリギリセーフだった。
　　数秒後には入れちゃうところだったから。
　　そして、やっとできあがったオムライスとポテトサラダをお皿に盛りつけて、キッチンのすぐ前にある大きなテーブルに置いた。
　　スプーンとコップとお茶も出して〜っと。
　　準備はオッケーで、あとは食べるだけ。
「有村くん、できたよ」
　　一応、呼んでみる。
「……」
　　だけど、返答はなし。
　　早くも慣れてしまってムカつきもしない。
「食べないと冷めるよ。いらないならいいけど」
　　あたしはそれだけ言うと、イスに腰をおろし「いただきます」と言って黙々とオムライスを食べ進める。

1人で食べるのには慣れている。

　でも、今日から同居人がいる。

　できるなら楽しくワイワイ食べたいけど、相手が有村くんじゃあな～……。

　基本話さないし……っていうか話しかけるなって言われたんだっけ？

　なんか、それならもう1人となんら変わんないじゃん。

　ムーッ……心のどっかでちょっとだけ楽しめるかも……と思っていたあたしの気持ち返せ！

　オムライスを半分ほど食べ終えたぐらいに有村くんがオムライスの置いてあるあたしの前に座った。

　あれ……？　もしかして、食べるの？

「……いただきます」

　そう言うと、スプーンでオムライスをすくい、一瞬手を止めたけど、すぐに口の中へと運んだ。

　もちろん、彼のオムライスにはケチャップを使っていない。

　でも、ケチャップなしでもおいしいように作ってある。

　口に合うかは知らないけど。

「……ケチャップ」

　再び食べる手を止め、ぼそっと呟いた有村くん。

「嫌いなんでしょ？　今回だけ特別だからね」

「……さんきゅ」

　んん……？

　今……お礼言ったよね？

マジで……!?
有村くんってお礼とか言えるんだ!!
冷血人間なのかと思ってたら……!!
「ど、どういたしまして……」
「……ん、おいしい」
　笑顔は見せないけど、よほど口に合ったのかパクパクと食べてくれる有村くん。
　いくらクールで毒舌な有村くんでも、やっぱり『おいしい』と言ってもらえると作りがいがある。
「でしょ!?　あたし天才ですから……!!」
　トンッ、と胸を叩いて自慢げに有村くんを見る。
　でも、彼は完全にスルーであたしに見向きもしない。
　で、出た……"有村スルー"。
　きっと、彼がもっとも特技とするものだと思われる。
「ごちそうさま……」
　彼は礼儀正しいようで、わざわざお皿をキッチンまで持っていってくれた。
　意外としっかりしてるんだな、と思った。
　なんか、この世界のすべて……。
　あ、いや彼の好きな本以外は興味がなさそうで何もしなさそうなのに、案外真面目で常識はあるんだ。
　すぐに無視するのは感心できないけどね。
　だって彼、金田くん以外に友達いないよ?
　金田くんが話しかけなきゃ、1匹オオカミみたいなもんだ。

そんなことを思いながら、食べ終わって空になった食器をゴシゴシ、と洗う。その間に、有村くんはそそくさとお風呂に行ってしまった。
　はぁ……、ちょっとぐらい手伝ってくれたっていいじゃん。って……ちょっと待って……。
　有村くん今、お風呂へ行ったよね……!?
　普通は女子が先に入るもんじゃないの!?
　有村くんが入ったあとなんか嫌なんだけど……!!
　って……そんなこと思っても、もう遅いけど。
「はぁ〜……」
　誰もいないのをいいことに、深い深いため息をつく。
　今日だけでどっと疲れたよ。
　なんでよりによって有村くんなのよ。
　それなら、金田くんのほうがよかった。
　神様は意地悪だ。
　あたしの苦手な類の人と一緒に生活させるなんて。
　しかも、ベッドもないし。
　はぁ……、もうほんと嫌だ。
　今すぐ果歩に愚痴りまくりたいのに、それすらできないからなおさらやだ。
　食器を洗い終えて、さっきまで陣取られていたソファに座ってテレビをつける。
　今日に限って面白い番組やってないし。
　ほんとに今日は、とことんツイてないな……。
　テレビの音がやけに大きく聞こえてイライラして嫌に

なったから、ブチッとついていたテレビを消した。
　そういえば、有村くんって何を読んでるんだろ……。
　あんなに熱心に読むぐらいだから、面白い本なんだろうな〜……。
　と、そんなことを思いながら机の片隅にそっと置かれていた本を手に取って中を見てみる。
　へぇ〜……ミステリー小説か。
　なんか、そういうの好きそうだもんね。
　あたしもこう見えて、ミステリーとかは結構好きだったりもする。
　犯人を予想したりとかするのが楽しいし、展開も気になってどんどん読み進められるじゃん？
　ペラペラ、とページをめくっていると、パサッ、と音がして床にしおりらしきものが落ちた。
　うわっ……！　これ落としたのがバレたら怒られる!!
　そう思い、慌てて落ちたしおりを拾い上げる。
　でも、そのしおりはあの有村くんのものとは到底思えないほどかわいらしいものだった。
　だって、花柄のメルヘンチックなやつだよ？
　どう考えてもありえないでしょ。
　そのしおりをジッ、と見つめているとスッ、と後ろから抜き取られた。
「勝手に触んないでくれるかな」
　そこには、お風呂上がりで、髪の毛がまだ少し濡れている有村くんが立っていた……。

なんと上半身は服を着ていなくて、ほどよく割れた腹筋を見せつけているかのよう。
　今まで見たことのない色っぽい有村くんに、不覚にもドキリとしてしまった。
「……ご、ごめんなさい……っ！　てか、服着てください！」
　男の子となんて最近絡んでなかったからか、異常なまでに胸がドキドキしている。
「……やだ。まだ暑いもん」
「い、いや……着てよ！」
　見せつけられてるこっちの身にもなってよ……！
「お前が風呂に行けばいいだけの話だろ？　ちゃんと洗っときましたから」
「なっ……！　わ、わかったわよ……!!」
　あたしは手に持っていた本を机の上にバンッ、と置いてお風呂場までダッシュした。
　な、なんなのよあれ……!!
　いつもは制服を着ているからわかんないけど、細身なくせにちゃんと筋肉はほどよくついているなんて……ずるい男だ。
　火照った顔をパタパタと仰ぎながら、胸を押さえてスゥー……ハァー、と深呼吸をしてドキドキを冷ます。
　それにしても有村くんって変わった趣味してるよね。
　花柄のしおりだなんて……もらい物かなんか？
　それしか、考えらんないよね。
　まあ、あたしには関係ないし、さっさとお風呂すましちゃ

お〜っと。
　彼が言っていたとおり、お風呂はちゃんと掃除がされ、湯船には新しいお湯も張ってあった。
　なんとなく悔しい気持ちになりながらも、湯船の中で手足を伸ばし、今日の疲れをリセットさせたのだった。

　お風呂から上がると有村くんはもうリビングのソファにはいなかった。
　きっと、自分の部屋に行ったのだろう。
　ったく……ちょっとぐらいあたしに部屋を譲る気はなかったのかな。
　はぁ〜あ……不安だらけの１年になりそうだ。
　冷蔵庫からお茶を取り出してコップにチャポチャポ、と注ぐ。
「んん〜！　お風呂上がりのお茶は最高！」
　喉(のど)が乾いてるから、スッとなって気持ちよくなる。
　冷たいし、おいしい。
　ゴンッ、とシンクにコップを置いて自分の部屋に戻る。
　──ガチャ。
　開けて入ってみると、やっぱり絶望的な気分になる。
　も〜……せめてベッドぐらいほしいし〜。
　なんて、嘆いても仕方ないか。
　まずは布団を敷かないと……。
　はぁ、なんであたしが……憂鬱(ゆううつ)な気分は晴れないまま、敷き終わった布団の枕にボフッ、と顔を埋める。

なんなんだろ……有村くんって。
　花柄のしおりなんか持ってるくせに女嫌いだし、案外真面目だし。
　不思議……というか変わってるというか。
　ほんと、わけわかんないヤツと一緒にルームシェアすることになっちゃったよ。
　でも……なんでいつもあんなに楽しくなさそうにしてるんだろう。
　笑えば、きっともっとカッコいいだろうし、性格だって、もうちょっと優しくなればもっとモテるのになぁ。
　残念なヤツだなぁ。
　まあ、あたしには関係ないかっ!!
　案外、布団もいいもので、思っていた以上に熟睡することができた。

クールなくせに

「はぁ……」
「ちょ、真心。今日で何回目？」
　朝から深ーいため息を何度もついているあたしを、不思議そうに果歩が見つめてくる。
　果歩は昨日先輩と仲直りしたらしく、ルンルンであたしとは真逆のテンションだ。
　やっぱ、このカップルは仲良しだわ。
　そんなことを思いながら、頬杖をついて窓の外を見る。
「もし、苦手な人と暮らすってなったらどうする？」
　視線を窓の外から果歩のほうへとゆっくり移す。
　果歩に本当のことを言えないのは悲しいし、裏切っている気がして胸が痛いけど……今回ばかりは許してね？
「うーん、あたしはイケメンだったら一緒に住む!!」
　うっわ……果歩に聞いたあたしがバカだったかも。
　面食いな果歩はそう来ると予想できていたはずなのに。
「果歩に聞いたあたしがバカだったよ」
　呆れたように、あたしは言った。
　果歩のこういう素直ところは嫌いじゃない。
　むしろ、好きなほう。
　天真爛漫で明るいのに毒舌なところがあるから、一緒にいて飽きないし楽しい。
「うそうそ!!　嘘だってば!!　別にイケメンじゃなくても、

一緒にいたら慣れてきて苦手じゃなくなるかもだから時間に任せるかな」
　おお……!!
　いつもボーッとしてる果歩にしては、かなり真面目な意見だ。
　それに、果歩なりにあたしのことを考えてくれているのかな？って思うと、胸が少しだけジーンと熱くなった。
「結局は時間なんだってば。時間が解決してくれることが多いよ」
「そうだよね」
　もしかしたら、有村くんにもいいところがあるのかもしれない。
　あたしが知らないだけでね。
　まあ、たとえそんなところを見つけたとしても、好きになれそうな性格ではなさそうだけど。
「というか、真心。そんなこと聞いてどうすんの？」
　うわ、こういうときだけは鋭い果歩さま。
　いつもはフワフワしてて鈍感で何も気づかないくせに。
　それとも、これも何も考えないで言ってる？
　それならもう小悪魔だな。小悪魔。
「ち、ちょっとね……」
　そう言って、愛想笑いを浮かべる。
　仕方ないんだもん。
　こういうときは愛想笑いでスルーするのが一番。
　果歩には隠し事とかしたくなかったんだけど、さすがに

有村くんと一緒に生活することになった、なんて言ったらタダ事じゃなくなる。

　もしそうなったら、あたしと有村くんはこの学校にいられなくなる。

「そっか。まあ、なんかあったら、あたしはいつでも相談に乗るからね!!」

　何か隠してるって果歩にはバレているのに、それを深く聞いてこようとしない彼女に心の底から感謝した。

　やっぱ、果歩は最高だ。

　でもそう言うと調子に乗るから、そんなこと絶対言わないけどね。

「ん。ありがと」

「ていうか、来週は校外学習で班を決めるらしいから一緒になろうよ〜」

　果歩はいつもどおりの、見ていると癒されるキラキラとしたかわいい笑顔をあたしに向けた。

　だから、あたしもつられて自然に頬が緩む。

「もちろんだよ」

　果歩が同じ高校にいてくれて、本当によかった。

　絶対、楽しくなかったもん。

　でも、果歩が『あたしもそこに行く！』ってついてきてくれたんだよね。

　あのときは伝えられなかったけど、本当は心の中でめちゃくちゃうれしかったんだよ。

「よーし、班を決めるぞ。さすがに、高校生だから自分たちで決められるだろってことで勝手にしろ。ただし揉めんなよ」

　朝のホームルームで校外学習の班を決めることになったのはいいけど、先生適当すぎでしょ。

　あたしの担任は米原先生。

　通称、まいてぃー。

　まいてぃーは面倒くさがり屋だけど、やるときはやるイケメンな先生で女子から人気がある。

　そして、誰にでも平等で男子からも好かれているのだ。

　あたしも好きだし、《好きな先生ランキング》トップ3に入るほどだ。

　まいてぃーは、あたしたち生徒の悩みをなんだかんだいいながらもちゃんと真剣に聞いてくれるし、みんなからの信頼も厚いんだと思う。

「じゃあ！　ここはジャンケンにすっか‼」

　クラスのお調子者の男子が、まるで自分が仕切ってます的な感じでノリノリで言った。

　まあ、いつもこんな感じだけど……そして毎回……。

「あみだクジのほうがよくね？」

　金田くんの一言で、お調子者の仕切りもどきは終わる。

　いつもそうだ。

　これはもう定番と言ってもいいほどだと思う。

　"ノリ"ってやつなんだろう。

「それあたしも思ってた〜」

「やっぱ、あみだクジのほうがいいよな」
　なんて、口々に言い出し、金田くんの机に集まり出した。
　あたしも、あみだクジに賛成。
　理由は単純でパパッ、と決まりそうだから。
　それを聞いていたお調子者の男子は少し焦ったような顔しながら、それでも笑顔を崩さずにみんなのほうに行き、
「俺の意見、ガン無視すんなよ〜。ちょっとぐらいツッコんでくんないと俺もキツいわ〜」
　なんて嘆いたもんだから、みんなが「みんなお前に興味ないんじゃね？」と冗談なんか言いはじめ、いつもどおりのにぎやかな教室になった。
　でも、しょうもなさそうにその様子を見つめている人が1人。
　それは有村くんだ。
　よく見れば、面白くなさそうに机に頬杖をついて目を閉じている。
　何……？　こんなときに寝てんの？
　寝てるんならイタズラしちゃお……ふふっ。
　静かにそろりそろり、と有村くんに接近する。
　ここは耳元で大きな声出すとか？
　あ！　デコピンにしようかな？
　でもなー……触ったら怒られそうだし。
　少し悩んでから、結局大きな声を耳元で出すことにした。
　だってそれだったらあんまり怒られないでしょ。
「お！　き！　ろ！」

有村くんの耳元で大きな声で叫ぶ。
　幸い、教室はガヤガヤとにぎやかでうるさいので、あたしの声なんて有村くんにしか聞こえなかったと思う。
　すると、彼の瞼(まぶた)がだんだん上がって黒目がちなきれいな瞳(ひとみ)と視線がぶつかった。
　ただ、彼の表情は真顔で……怒っているのか、それともなんとも思っていないのか、なんの感情も読み取れない。
「……うっせぇんだよ。黙れ」
　うわ……めっちゃくちゃ怒ってる‼
　表情は読み取れないけど、声には感情が滲み出てるよ。
　それから、有村くんはまた目を閉じて眠りにつこうとしている。
　せっかく起こしてあげたのに、なんで寝ようとするの！
「班、決めるから起きなよ」
「……」
　はい、出たよ。
　"有村スルー"。
　はぁ、コイツはほんとに無口な人だ。
　なんで人のことを無視ばっかりするのかな。
　ていうか、なんでこんな人のことを女の子はチヤホヤするんだろう。
「あんたは別にどうでもいいけど、他の人に迷惑かかるんだから起きなさいよ」
　あたしは、あんたと話したいから『起きろ』なんて言ったつもりはない。

ただ、有村くんも参加しないと班を決めるのが一向に進まないから。
　他の人に迷惑のかかることは極力したくない。
　そういう性分なんだよね。
　あたしは昔から曲がったことが大嫌いだったから、小・中学校のときはクラスのみんなからもあまり好かれていなかった。
　だから、まわりの人と比べると友達とかはかなり少なかったと思う。
　でも仕方ないじゃん。そういう性格なんだから。
　でも、高校のみんなは違った。
　こんなあたしでも仲良くしてくれるから果歩もいるし、ここに来て改めてよかったな、と思える。
　だからこそ、有村くんにもちゃんと協力してほしい。
「……起きてるだけだからな」
　そう言うと、机に頬杖をつき、ボーッと前を見つめる有村くん。
　今日は素直なんだ。
　てっきり、いつもみたくブツブツと文句でも言ってくるのかと思ってた。
「よろしい」
　笑顔を向けると、有村くんはさっきの無表情から一転、一瞬だけ目を大きく見開いた。
　有村くんが、そんな顔をするなんて珍しいな……。
　不思議に思って首をかしげると、彼はなんでもなかった

かのようにいつもの無表情に戻り、あたしとは真逆の方向を向いた。
　何よ、その態度……。
　また一発言ってやろうかと思ったけど、それは果歩の「真心～、決まったよ」という声によって断念された。
　そして、無事にあみだクジで決まった班は、あたしにとって、いいのか悪いのかわからない班だった。
　まあ、他の子たちからしたら、あたしの班は神的な班なんだろうけど。
　女子メンバーは果歩に山口（やまぐち）さんとあたし。
　それで、男子は金田くんと井原（いはら）くんと……あと１人は有村くんだった。
　問題は有村くんだ。
　なんでこんなにも一緒になることが多いんだろ。
　神様ってば、あたしたちのことをからかって面白がっているの？
　本当にそうならやめていただきたい。
「それじゃあ、テキトーに班長決めておけ」
　ほんと、まいてぃーは適当人間だ。
　何から何まで生徒任せ。
　だけど、なぜか憎めないんだよね。
「誰が班長する？」
　金田くんの問いに、果歩が「この中だと一番真心がしっかりしてると思う！」なんて恐ろしいことを言った。
　やだ、やだ。

あたしは班長なんてしたくないんだけどーっ！
　　平凡に終えようと思ってたのに……そんな班長だなんて面倒くさい。
　　あっ、あたし、まいてぃーのこと憎めない理由が少しわかった気がする。
　　あたしも面倒くさがり屋で少しだけ似てるからだ。
「おっ！　じゃあ、水沢ちゃんやってくれるか？」
　　そんなキラキラした目で見つめないでよ。
　　ズルいなあ、金田くんって。
　　そんな目されたら断れないじゃん。
　　だから、あたしはしぶしぶ首を縦に振った。
　　でも、振った瞬間から後悔の波が押し寄せてくる。
　　あー……最悪だ。
　　あたしの自由な時間がどんどん消えていく……。
　　あたしも自分の時間が欲しいのになあ。
　　って、今やあたしの部屋は有村くんに占領されてるんだった。
「じゃあ、副班長は楓希な」
　　ん……!?
　　今、金田くんの口から、とんでもない言葉が飛び出した気がするんだけど……。
　　え？　え？　気のせいだよね？
　　っていうか、あたしがそう思いたいだけなんだけど。
「……は？　なんで俺？」
　　どうやら、気のせいじゃなかったようです。

有村くんは、意味がわからないといったような顔で金田くんを見ている。
　いや、あたしも意味わからないんだけど。
　このパターンは、あたしが一番避けたかったパターンだったのに……。
　金田くんが副班長のほうが、何十倍もいいんですけど。
「だってお前、さっきから話し合いにも参加してねぇからその罰としてだよ」
「無理」
　せっかくきれいな瞳をしているのに、今は恐ろしいほど鋭く光り、ギロッと金田くんのことを睨んでいる。
　仮にも唯一の友達である人を、そんな目で見る？
　ほんと、有村くんって恐ろしい人だ。
　そんな人と一緒に生活してるってだけで怖すぎるけど、実際は何も変わらない普通の日々だったりする。
　基本、会話は必要最低限のことしかないし、家でも１人でいるような感じだもん。
　それにまったくと言っていいほど笑わないし、感情を表に出さない有村くん。
　もっと自分を出したほうがいいのに……って思うけど言わない。
　言ったって、どうせ"有村スルー"か『うざい』とか文句言われるだけだし。
「これはもう決定だかんな」
　そんな彼の目に怯むことなく、金田くんは淡々と書き終

えた班に関する紙をまいてぃーのところに持っていってしまった。

ねぇ、それだったら金田くんが班長やればよかったんじゃない？

あたしなんかよりもずーっとしっかりしてるし、リーダーシップもあるし。そんなしっかりした人がいるのに、なんであたしなのよ〜!!

そのあとの学校生活では、あたしは1日中ため息をつくか、「班長嫌だ〜」しか言ってなかったと思う。

果歩も呆れたように「仕方ないでしょ〜、なっちゃったんだから」なんて言ってたけど、元はといえば、果歩があたしを推薦したんだからね!?

これは今度遊んだときにジュースを奢ってもらわなきゃ。

金欠と言って泣いても絶対買ってもらうんだからね！

「ただいま〜」

【1008】と書かれた部屋に入り、ローファーをきれいに揃えて脱ぐ。

有村くんは先に帰っているのに、部屋の中は静まり返ったまま。

『おかえり』ぐらい言えないのか、有村くんよ。

それに、放課後にあった班長と副班長が出席しなくちゃいけなかった会議にも出ず、そそくさと帰った彼。

用事があるなら、声をかけてから帰ればいいのに。

用事があるなら、あたしだって鬼じゃないから許すし。
　でも、まあ何も言わずに帰ったのは100歩譲ってまだ許そう。
　だけど、帰ってきてみると彼は悪びれる様子もなく、むしろ、潔いほど堂々とソファでくつろぎながら本を読んでいた。
　はぁ……ほんと、何様のつもり？
「ちょっと、用事あるなら言ってから帰ってよね」
　怒りのあまり、肩にかけていたスクールバッグを、彼の座っているソファの前にある机の上に勢いよく置いた。
　すると、少しだけ本から視線を上げた有村くん。
「は？　なんであんたに俺の予定を言わなきゃいけないの」
「今日、校外学習の会議あったんですけど」
「だから？」
「知らなかった？」
　これで、知らなかったと言えば、今回だけは見逃してあげる。
　でも……もし、知ってたなら……。
「あ、そういや将司がそんなこと言ってたな」
　「思い出した……」と言いながら、謝る様子もなく本に視線を戻す彼。
　本当に意味わかんないんだけど。
　忘れてたなら、謝るとかできないの？
　それに忘れてたなら忘れてたなりに『次は行くから』とか気をつかって言えないわけ？

「今日の夜ご飯、ミネストローネにする」
「なんで?」
「有村くんがムカつくから。懲らしめたいから」
　今日の会議、いろいろと大変だったんだからね。
　どれだけ、あたしが疲れたか。
　それを有村くんにもわかってほしいよ。
　本当に本当に大変だったんだから。
　あたしがそんな思いをしているときに有村くんは家に帰って、のん気に本を読んでいたなんてムカつくに決まってるじゃん。
　悪いけど、あたしはそんなに器が大きくないもんでね。
「意味不明」
「知らない。ほんとに作るからね」
　制服の上から愛用しているピンクのドットのエプロンを身につけ、キッチンへ向かう。
　あんなヤツ知らない。
　嫌いなものを食べて、お腹壊しちゃえばいい。
　なんて思いながらも、どこかあたしの良心が痛む。
　忘れてたんだから仕方ないよね……とか、今回だけは許そうか……なんて思ってしまっている。
　相手は有村くんなのに。
　いや、普段から誰にも心を開いていない有村くんだからこそなのかも。
　みんなに冷たいし、近寄るなオーラを出して誰も信用してません……みたいな感じ。

ただ、金田くんは例外っぽいけど。

「はい。できたよ」
　……結局、作ったのはカレーとサラダ。
　トマトなんて１つも使っていない。
　はぁー……あたしはまったく何を甘やかしてるんだか。
　食卓に並んだカレーを見て、有村くんは固まっていた。
　何……？　まさかニンジンも嫌いとか言わないよね？
　それは言わなかった有村くんが悪いんだからね。
　あたしはいっさい責任を持ちませんから。
「……意外と優しいんだ」
　ぼそっ、とすごく小さな声で呟いたのを、あたしは聞き逃さなかった。
　何よ……その不意打ち。
　なんだか、胸がゾワッとして落ちつかない。
　しかも、"意外と"とか言われてるのにうれしいなんて思っちゃうあたしが一番おかしい。
「さ、冷めないうちに食べよう！　いただきます！」
　動揺しているのがバレないよう彼から視線をそらし、そそくさと手を合わせて、できたてのカレーを頬張る。
　ちょっと、辛すぎたかな？
　いつもよりもピリ辛な気がする。
「辛くない？　大丈夫？」
　不安になって、目の前で黙々とカレーを食べている彼に尋ねる。

「別に……」
　返ってきたのは、たった3文字。
　しかも、その顔からはまったくといっていいほど感情が読み取れない。
　もうちょっと感情を出してくれたらいいのに、なんて思うのは何回目だろう。
　有村くんってロボットみたいだ。
「そ。ならよかった」

　それからは2人とも何も話さずに黙々とカレーとサラダを食べる。
　部屋にスプーンとお皿がぶつかるコツコツ、という音がやけに大きく聞こえる。
　なんか……もっと話してくれる人だったら、こんなに無言で食べることもなかったのに。
　そんなことを思うけど、有村くんはあたしのカレーをおいしいと思ってくれたのか、おかわりまでしてくれて正直うれしかった。
　なのに、有村くんはあたしよりも先に食べ終わった。
　またすぐにお風呂に行くんだろうなぁ……なんて思いながら、今、食べ終わったばかりの空になった食器を持っていこうとしたら……。
　有村くんがあたしのお皿と自分のお皿を重ねはじめ、黙ってキッチンまで持っていった。
　え、今のは何？

突然のことにビックリして、目をぱちくりさせて固まってしまう。
「有村くん!?」
　でも、すぐにあたしもキッチンまで行く。
　すると、有村くんが洗剤のついたスポンジを手に、食器をゴシゴシと洗っていた。
　うわぁ……なんか画になるなぁ〜……って違う違う。
　有村くん……、何してんの？
「いいから、風呂入ってくれば？」
「えぇ!?」
　彼の口から出た言葉に、あたしは思わず耳を疑った。
　あの、毒舌で優しさの欠片もなかった有村くんがこんなことを言ってくれるなんて……!!
「これからは交代制にしよ。明日は俺が飯作るから」
「有村くん料理できるの!?」
　え、ほんとにあたしの前にいるのは有村くん？
　誰かが入れ替わってない？
　まあ、それはさすがにないか……。
　でも本当に夢みたいだ。
　いつもの有村くんじゃない。
「まぁな。お前も１人でやるのはしんどいだろ？　好き嫌いとかあるなら先に言っておいてくれねぇと、あとから文句言っても知らねぇから」
　なんか……有村くんって、じつはそんなに嫌なヤツじゃないかも。

普通に喋ればいい人だ、と思った。
　ただ、口下手で不器用なだけなのかもね。
「OK、お風呂上がったら紙に書いとくね」
　有村くんの意外な一面を知ることができて、少しうれしい気持ちになった。
　さあ〜、有村くんのお言葉に甘えてお風呂に行こ〜！

　お風呂から上がると、シンクには水滴のついた食器がきれいに並べて乾かされていた。
　思ったとおり、几帳面な性格らしい。
「お先に〜」
　有村くんに、お風呂から上がったことを知らせる。
　すると、いつもなら読書をしているのに珍しくテレビを見ていた彼が振り返り、何も言わずにテレビを消すと、お風呂に向かう。
　やっぱ、そこはお得意の"有村スルー"ですか。
　もう、毎度毎度のことで気にすることもなくなってきた。
　まだ、同居をはじめて２日目なのにね。
「……これ」
「……へ？」
　お風呂に行ったはずの有村くんが戻ってきていた。
　それも、ブルーのドライヤー片手に。
　え、もうお風呂に入ったの？
　いやいや、さすがに男の子だからってそれは早すぎだし、髪もまったく濡れてないし……。

まあ、それはないとして。
なんで、ドライヤーなんて持ってきたんだろう。
もしかして……あたしに渡してくれるとか？
いやいや、有村くんだよ？　そんなわけないよ。
「……風邪引くなよ」
　頭の中で何度も自問自答を繰り返していると、有村くんは手に持っていたドライヤーをあたしに強引に渡し、その言葉を残すと、再びお風呂のほうへ行ってしまった。
　え、何が言いたかったの……？
『風邪引くなよ』ってどういうこと？
　意味がわからなくて、首をかしげる。
　でも、その言葉の意味は視線を落とした先にあるモノのおかげですぐに理解できた。
　ドライヤーで髪の毛を乾かせってことね。
　当たり前だけど、あたしはまだ髪の毛を乾かしていなくて、しかも少し濡れている。
　きっと、彼はそれに気づいてドライヤーを渡してくれたんだろう。
　何よ、いつもはクールなくせにじつは優しいんじゃん。
　そんな優しさに、なぜか頬が緩む。
　それから、ドライヤーでササッと髪の毛を乾かしてから、筆箱からペンとメモ帳を取り出した。
　ビリビリ、とメモ帳を１枚切り取り、そこに嫌いなものと好きな食べ物を書く。
　えーっと、嫌いな食べ物は【ピーマン】と【焼き魚】っ

と。
　好きな食べ物書けなんて言われてないけど、まあ、いいよね。
　【フルーツ】と【お肉】っと。
　女子でお肉が好きとかなんか引かれないかな……？
　でも、そんな子たくさんいるし大丈夫か。
　まあ、相手は有村くんだし、1年は一緒に暮らすんだから、包み隠さずに"素"の自分でいたほうがいいよね。
　そしてその後、お風呂から出てきた有村くんに直接メモを渡した。
「誰もお前の好きな食べ物なんて聞いてねぇし……」
　案の定、ブツブツと文句を言われたけど、有村くんの真似をして"水沢スルー"をした。
　――有村くんってクールなくせに案外優しいんだね。
　そんなことを言ったらまた文句を言われるから内緒にしておこう。
　まだまだあたしは有村くんのことを知らない。
　だから、少しずつ知っていけたらいいな。
　あたしと有村くんの距離が少しだけ近づいた夜だった。

お前……、ムカつくんだよ

　そして、ついに校外学習の日がやってきた。
　あれからというもの、有村くんとは意外とうまくやっていた。
　ドライヤーの一件以来、妙に優しくされることはなかったけど。
　それでも、ちゃんと交代制も守ってくれているし、なかなか料理の腕前もあってあたしの口に合っている。
　イケメンで料理もできるとか……どこまで神様は不平等なお方なんだか。
　あたしにも何か特別な才能が欲しかったよ。
　そんな中、有村くんとの同居生活も1ヶ月がたっていた。
「じゃあ、テキトーな座り方でいいからバス乗ってけ〜」
　まいてぃーの言葉どおりに、みんなぞろぞろとバスへと乗り込む。
　ほとんどみんな仲のいい人たちと座っている。
　あたしは果歩と座ろっかな〜……と果歩を探していると、果歩は楽しそうに山口さんと話していた。
　いつの間に2人は仲良くなってたんだろ？
　同じ班の山口さんこと山口京香ちゃんとは、大人しい女の子。
「果歩〜、山口さん〜」
　果歩たちに向かって手を振ると、あたしに気づいて笑顔

を浮かべながら手を振り返してくれる果歩。
　一方の山口さんは、一瞬目を見開いてから遠慮がちに手を振り返してくれた。
　緊張でもしてるのかな……？
「バスどうする？　３人じゃ、あれだよね〜」
　果歩がそう言うと、山口さんが眉を八の字に下げて口を開いた。
「わ、私が邪魔だよね。私のことはほっといて２人で座って……！」
　その言葉にあたしと果歩は驚いて、ポカーンとバカみたいに口を開けて山口さんを見る。
「もう〜京香ちゃんってば何を言ってんの？　後ろの席に３人で座ろ？」
　笑顔で言った果歩の隣で、あたしも「うんうん！」と深く頷く。
　　　うなず
　すると、山口さんはきょとん、とした顔であたしたちを交互に見る。
「い、いいの……？」
　そして遠慮がちに口を開いたと思えば、そんなことを言いはじめた。
「いいに決まってるじゃん。あたしたち友達じゃん？　ね、果歩」
「そうそう！　真心の言うとおりだよ！」
　次の瞬間、山口さんの表情はパァ、と花が咲いたような笑顔に変わる。

山口さんっていつも1人だったから、友達とこうして隣あって座るのは初めてなのかも。
　これから、山口さん……京香ちゃんのことをもっと知って仲良くなれたらいいなー……と思った。
　いい子なのが雰囲気や話し方からわかるもん。
　でも、いざバスの中に入ってみると、後ろの席はクラスの中心的な女子たちによって占領されていた。
　うわ……マジか。
　まあ、そりゃあ仲がいい子と座りたいよね。
「や、やっぱり2人で座って！　私、1人は慣れてるし！」
　京香ちゃんはそう言うけど、本当は誰かとワイワイおしゃべりしながら行くの楽しみにしてたんじゃない？
　だって、さっきあんなにうれしそうにしてたもん。
「いいよ、果歩と京香ちゃんで座りなよ」
「え？」
　あたしの言葉に目を見開き、驚いている京香ちゃん。
「だって、京香ちゃんさっきすごいうれしそうにしてたじゃん。我慢なんてしなくていいよ。あたしら友達なんだから」
　あたしの言葉に感動しているのか、きれいな瞳を潤ませながら黙ってしまった彼女。
　そんな彼女の肩にぽんっと果歩が手を置いて、ニコッと微笑む。
「ふふっ……さすがはあたしの親友でしょ？　自慢なんだぁ。ここは真心の言葉に甘えさせてもらお？」
　果歩は京香ちゃんに気をつかわせないように優しく言っ

た。
　そんな果歩の言葉にコクコクッ、と上下に頭を激しく振った京香ちゃん。
　なんか、さりげなく『自慢なんだぁ』なんて言われたらなんか照れくさくなる。
　普段はそんなこと言わないから余計にうれしいよ。
「ありがとう、真心ちゃん」
　京香ちゃんに笑顔を向けられたとき、純粋にかわいいなと思ったしうれしくもなった。
　そして、２人は空いていた席に座った。
　あたしはどこに座ろっかなー……と思っていると、
「水沢さん！　俺の隣空いてるよ！」
　突然、名前を呼ばれて声のしたほうを見ると、あたしを呼んだのは同じ班の井原くんだった。
「あ、うん！　ありがと」
　ここは、お言葉に甘えて座らせてもらおうかな。
　井原くんの隣以外だと先生の隣になるし。
　まいてぃーならまだしも、イケメンで有名なまいてぃーの隣にはすでに女の子がしっかりとキープしているから、空いているのはオジサン先生の隣。
　しかも苦手な先生だし……正直に言うと、そこだけは避けたかった。
　だから、井原くんが声をかけてくれてありがたかった。
　でも、井原くんの座っている後ろから何やら視線を感じてチラッ、とそちらを見ると、なんとその視線の主は有村

くんだった。
　その隣には金田くんが座っていた。
　一瞬、有村くんと目が合った気がしたけど……あたしの気のせいだよね?
「ほらほら、座りな〜」
　トントン、と自分の隣の空席を叩く井原くん。
　あたしは再びお礼を言って井原くんの隣に座った。
「んじゃあ、出発すんぞ。あんま、うるさくすると先生怒っちゃうからなー」
　相変わらず、面倒くさそうに話す、まいてぃー。
　すぐそばにいるオジサン先生に睨まれているのに気づいてないのかな?
「まいてぃー、睨まれてんの気づいてないのかよ」
　ハハッ、と短く笑いながら言った井原くん。
「だよね。あたしも同じこと思ってたよ」
「おお!　以心伝心ってやつだな!」
　あたしの言葉にニカッと笑い、白い歯を覗かせる井原くんは、爽やかそのものだった。
「そうだね。まさか井原くんも同じこと考えてたなんてね」
「なんか慣れねぇな、苗字で呼ばれるの」
　ガシガシ、と頭をかきながら照れくさそうにしている。
　そんな様子を見てあたしは一瞬ビックリしてしまった。
　だって、いつもどちらかといえばお調子者の井原くんがこんな表情するなんて……意外だな。
「じゃあ……なんて呼べばいい?」

いきなり呼び捨てで呼べるほど、あたしは井原くんと仲良くないし。
「そうだなぁー……ケンケンとか？」
「ケンケン？」
「俺、よくみんなから"ケン"とか"ケンケン"って呼ばれてるからさ」
　確か井原くんの下の名前って……健太郎だったっけ？
　フレンドリーな井原くんが、"ケンケン"っていう親しみやすいあだ名をつけられても違和感はない。
「了解。ケンケン」
　なんか、ケンケンって面白いし仲良くなれそう。
「じゃあ、俺はマコマコって呼ぶわ」
「ま、マコマコ……!?」
　な、なんだそのネーミングは……!?
　初めてそんなあだ名で呼ばれたよ。
　まあ、あたしが"ケンケン"って呼ぶなら、"マコマコ"という返しでもおかしくはないよね。
　それでも、初めての呼ばれ方で驚いた。
「ダメ……だった？」
　弱々しい声色で不安げに聞いてくるもんだから、あたしは慌てて左右に首をぶんぶんと振った。
　すると、「ハハッ、必死」なんて井原くんの笑い声が聞こえてきたからホッ、と胸を撫でおろした。
　それより……さっきから突き刺すような視線を感じるんですけど。

きっと、その視線の主は有村くん。
　あたしとケンケンが、うるさすぎるかな？
　まあ、振り返る勇気もないから無視するけど。
　どうせ、いつもみたいに怖い顔をしているのがわかるし。
「それでさ〜、マコマコ〜」
　次々に話題を振ってくれるケンケンと話していると飽きなくて、あっという間に目的地のお寺についた。
　今日はいろいろな歴史を学ぶんだとか。
　人がいっぱいだから迷子になるななどの諸注意をバスの中で聞いてから、ぞろぞろとバスから降りる。
　そして、ここからは班で行動するのだ。
　だから、有村くんとも一緒。
「真心ちゃんのおかげでほんと楽しかった！　帰りは気にしないで２人で座ってね？」
　バスから降りてすぐ、律儀にお礼を言ってくれる京香ちゃんは本当にいい子だと思う。
「真心は真心で楽しかったみたいだね」
　そんな京香ちゃんの隣で、ニヤリと口の端を上げている果歩が言った。
　何よ、その不敵な笑みは。
　まあ、言わなくてもだいたいわかるけどね。
「まぁ、暇ではなかったし楽しかったよ」
　果歩が言いたいことは、ケンケンとのことだと思う。
　さっき言った気持ちは嘘じゃない。
　ケンケンと話していると飽きないし、むしろ楽しくて、

時間があっという間にすぎてしまったぐらいだもん。
「ふふっ、ついに恋が来ちゃうかもね」
「出た。果歩ってば、すぐそれ言うよね。でも、安心してね。そんなことはないから」

　確かにケンケンは話しやすいけど、友達ってだけで今は十分。
「もーっ！　そんなんだから真心は彼氏できないんだってば！」

　両頬をプクゥーと膨らませながら不服そうに言う果歩の隣で、京香ちゃんが口元を押さえてクスクスと笑っている。

　それにはあたしも果歩もビックリで、京香ちゃんのことをまじまじと見る。

　それに気づいた京香ちゃんが、ぽっと顔を赤らめて慌てて口を開く。
「ご、ごめんなさい……！　2人のやりとりがあまりに面白くて……！」
「「かわいい……」」
「え？」

　果歩も同じことを思ったようで見事に声が揃った。
「京香ちゃん、笑ってたほうが絶対かわいいから」
「天使並みだよね、ほんと」

　2人で納得したように京香ちゃんを見て「だよねだよね」と言い合う。
「か、かわいいなんて、あたしとは不釣り合いだよ……!!」

　顔をトマトのように赤くしながら、両手を左右に振って

必死に否定する京香ちゃん。
　けど、そんな姿すらかわいいよ……京香ちゃん。
「マコマコ〜、こっちこっち」
　3人でワイワイと盛り上がっていると、ケンケンたち男子3人が少し先に集まっていて、ケンケンだけがまるで手が取れちゃうんじゃないかってぐらい、ブンブン、とこちらに向かって手を振っている。
「はーい、今行くよ〜！」
　ようやく、班員6人全員が揃った。
　すっごい、有村くんに睨まれてる気がするけど……。
　知らないフリ、知らないフリ……っと。
　てか、なんであたしが有村くんに睨まれなきゃいけないのよ！
　あたし、今日は何もしてないよ!?
　っていうか、毎日してないけど……!!
　それとも、やっぱりバスの中でケンケンとうるさかったのかな？
　それから、たくさんのお寺を回って、後日提出させられる課題のために重要なことをメモしまくっていた。
　そして、本日最後の見学場所であるお寺でも、真面目にメモをとっていた。
　ところが……。
　よしっ、みんなのところに戻ろう！
　そう思ったのもつかの間、180度まわりを見渡しても知っている人は誰もいない。

ヤバ……迷子になっちゃった。
　あたしってば、メモをとるのに夢中で……どうしよ。
　こんな知らない土地で迷子になったら、みんなと合流できる自信はまったくといっていいほどない。
　気持ちは焦るばかりで、怖くてじわりと手に汗が滲む。
　どうしよう……ほんとに。
　慣れない地でブラブラ歩き回るのも危険だし。
　そんなことを頭の中でグルグル考えていると、ガシッと誰かに手首を掴まれた。
　だ、誰……!?
　恐る恐る視線をそちらに向けたあたしは、そこにいた人物を見て目を大きく見開いた。
「あり、むらくん……？」
　どうして……？
　どうしてこんなところにいるの？
　いつも不機嫌だけど、今日は一段と機嫌が悪かった。
　金田くんのこともフルシカトだったし。
　お得意の"有村スルー"を発動しまくっていたのだ。なのに、どうしてかな？
「ったく……いねぇと思ったらこんなとこで何してんの？」
「ちょっとメモとることに集中してたら……」
　有村くんが来て、ホッと胸を撫でおろした。
　たとえ仲良くない人でも、知らない人たちの中で心細くなっているときはすごく心強くなる。
「はぁー……頼むから俺に迷惑かけんなよ」

迷惑そうに深くため息をついたけど、有村くんはなぜかホッとしたような安堵の表情を浮かべていた。
　そんな彼に不覚にもドクンッ、と胸が高鳴った。
「……そっちが勝手に来たんじゃん」
　ほんとはホッとしたくせに、ついかわいくないことを口走ってしまうあたし。
「……あっそ、それでもいいよ。お前を見つけられたし」
　いつもとは違う、どこか柔らかい声で言った彼に、あたしの心臓はさらにうるさくなっていく。
　ほんとになんなの……？
　いつもはそんなんじゃないくせに、調子狂うんだけど。
「っ……、それはどうもありがと。ほら、みんなのところに行こう！」
　胸のドキドキを隠すかのようにスタスタと歩き出そうとした瞬間、掴まれていた腕をぐいっと引っ張られ、思わず足が止まる。
「……ちょっと、有村くん？」
　ビックリして後ろを振り向くと、いつになく真剣な表情をしている有村くん。
「お前……、ムカつくんだよ」
「は？」
　いきなり、眉間にシワを寄せてそんなこと言い出した彼に苛立ちを覚える。
　ムカつくって、こっちがムカつくんですけど。
　ドキドキも一気に冷めたよ。

なんであたしが『ムカつく』なんて言われなきゃいけないの？
「何、ケンケンって、マコマコって……？　バカじゃねぇの？」
「はぁ？　意味がわかんないんだけど」
　ますます、意味がわからなくなってきた。
　人がたくさんいるし、早くみんなのところに戻らないといけないのに、コイツは何を言ってるんだ。
　しかも、なんでケンケンが出てくるのさ。
　なんであたしたちがバカ呼ばわりされなきゃなんないのよ……!!
　ちょっといいヤツかも……なんて思ったあたしの気持ちを返してほしい。
「勝手に仲良くなってんじゃねぇよ」
　その声が聞こえてきたと同時に、おでこに鋭い痛みが走る。
　だけど、自分の鼓動がだんだん速くなっていき、顔もぽっと赤くなるのがわかった。
「い、いったぁーい！　何もデコピンしなくてもいいじゃん！」
　本当は胸のドキドキのせいで痛さなんてまったく気にならないけど、一応おでこを両手で押さえる。
　大丈夫、大丈夫。
　相手は有村くんだから……と何回も心に言い聞かせて平常心を保つけど、なかなか胸のドキドキは収まらない。

「お前が悪い。……アイツのことケンケンとか呼ぶから」
「え?」
　いきなり、顔を背けていじけはじめた彼を見て、あたしは目をぱちくりとさせる。
　だって、あの有村くんがこんな態度をとるなんて……。
「俺のことはいつまでも"有村くん"のくせに」
「えっ……」
　なんか、拗ねてません?
　いつもの無愛想な感じと違って、めちゃくちゃかわいく見えるんですけど。
「俺のことも……名前で呼べよ。真心」
　――ドクンッ!
　ただ名前を呼ばれただけなのに、あたしの胸は大きく高鳴った。
　あたし、ヤバいよ?
　何、有村くん相手にときめいちゃってんの。
「ほら、この前の……案外気に入ってるし」
　何が照れくさいのかクシャ、と髪の毛を触りながら言う"この前"のことを思い出す。
　有村くんって、いつも言葉が1つ2つ足りないんだってば。
　この前って、いつのことよ。
　しばらく考え込んでいると、頭の中にある日のことが浮かび上がってきた。
　あ!!　わかった!!

あたしがふざけて"ふぅちゃん"って言った日のことだ！
「やっぱ、気に入ってたんじゃん。ふぅちゃん」
　どっからどう見ても"ふぅちゃん"なんてかわいい要素は有村くんにはないけどね。
「……うっせぇ」
「ほら、今度こそみんなのとこに戻ろ？」
　歩き出そうと一歩踏み出したら、ふぅちゃんの手が掴んでいたあたしの腕から手へと移動した。
　何……!?
　手、手つながれるの……!?
　マジで今日のふぅちゃんおかしいよ!?
　なんて１人でテンパっていると、彼の手はあたしの手へと伸びてはきたものの、すぐに離された。
　その代わりなのか、自分のシャツの裾をあたしにぎゅっと握らせた。
「これ……何？」
　スタスタと歩きはじめたふぅちゃんについていきながら尋ねた。
　もちろん、あたしは彼のシャツの裾は掴んだまま。
　なんか……離しづらい。
「……もう迷子にならねぇように。次はぐれたら、もう探さねぇからな」
　すると、あたしの顔なんて見ずに、真っ直ぐ前だけに視線を向けて言った。
「う、うん……ありがと」

どうせなら、手……つないでくれたらよかったのに。
　……って、あたしってば何を考えてんの!!
　なんかふぅちゃんにそう言ってもらえてうれしいんだけど、ちょっとだけ手をつなぐって期待してた自分がいたみたいで……少しだけむなしかった。
　ぎゅっ、と強くシャツの裾を握ると、何を思ったのか「大丈夫……もし、またはぐれても俺が見つけてやるから」なんて、ありえないぐらい優しい顔して言うからドキドキは最高潮だ。
　ふぅちゃんは、いったいどうしたんだろ？
　いつも何を考えてるのかわかんないけど、今日はとくに読めない。
　コクンと一度だけ頷けば、彼は満足そうに微笑んでまた前を向いた。
　顔がいいから……ドキドキしてるだけ。
　絶対そうだ。
　第一、あたしはふぅちゃんのことが苦手だし、ふぅちゃんだって女嫌いのはず。
　なのに、ときめいてしまうのはきっと顔がカッコいいから。顔だけは本当にカッコいいと思っている。
　必死に自分に言い聞かせていると「マコマコっ！」「真心〜っ!!」なんて声が聞こえてきて、下げていた視線を上げると、視界に４人のメンバーが入った。
　掴んでいたふぅちゃんのシャツの裾から、とっさに手を離した。

「真心のバカ！　ほんとに心配したんだからね！」
　そう言ってあたしの肩をバシバシと強く叩く果歩の大きな瞳には、うっすらと涙が溜まっていた。
　隣にいる京香ちゃんもホッとした表情をしている。
　その様子から２人は本気であたしのことを心配してくれたんだ、と感じた。
「ありがと……２人とも。それと心配かけてごめんなさい」
　改めて、あたしは本当にいい友達を持ったと思った。
　なんか……泣きそうになっちゃうよ。
「マコマコ!!　マジで心配した……！　大丈夫!?　ケガしてない!?」
　ケンケンは半泣き状態であたしのところに来ると、頭や腕をペタペタと触ってケガしてないかを確認している。
　本来なら、ここで『気安く触らないでよ』と言っているけど、ケンケンの目があまりにも心配そうにあたしを見つめるもんだから、何も言えなくなってしまう。
　すると、隣にいたふぅちゃんが不機嫌そうに「……よかったな」とだけ言って、金田くんのほうへと向かって歩いていく。
　よかった、って何が？
　ほんとに意味がわからない。
　しかも、なんでそんなに眉間にシワ寄せてんのよ。
「あ、ちょ……！」
「気になるの？……アイツのこと」
　引き止めようとしたけど、それはケンケンによって阻止

された。
　ケンケンは、さっきまでの心配そうな目とは打って変わり、今は真剣な目をしているから、思わずゴクリと生唾を飲み込む。
「き、気になんてならないよ……！　ただ、有村くんにお礼を言いたくて！」
　ここまで無事に戻ってこられたのは彼のおかげだし、彼がいなかったら、あたしはまだあのお寺でオドオドとしてたはずだし。
「今じゃなきゃダメ？　俺……マコマコといたいんだけど」
　ところが、どストレートなケンケンの言葉に少しだけドキッとさせられた。
　しかも、ケンケンの顔はほんのりと赤い気もする。
「あ……うん。わかった」
　あたしがそう言うと、一気に口の両端が上がり、白い歯を見せてきれいな笑顔を作るケンケン。
　無邪気だな……ケンケンは。
　ふぅちゃんとはまるで違う。
　彼が笑ったところなんてめったに見たことがない。
　ケンケンみたいに感情を表に出さずにいつも冷静だし、言うことも、どストレートなんかじゃなくて、いつだって言葉が１、２個足りない。
　って……あたしなんでふぅちゃんのことなんか考えてんのさ。
　マジであたし、さっきの優しいふぅちゃんに惑わされす

ぎだから。
　ちゃんと、いつもどおりに戻さなきゃ……そう思うのに、まださっきの余韻からなかなか抜け出すことができない。
「真心！」
「真心ちゃん！」
　ケンケンがふぅちゃんたちのところに行った隙に、果歩と京香ちゃんが声をかけてくれた。
「いい感じじゃん！　井原くんと！」
「私もそう思うよ……！」
「2人とも、ニヤニヤしすぎだから。んでもって、いい感じでもないからね」
　あたしとケンケンがいい感じ？
　今日、友達になったばっかなのに？
　あたしはまだまだケンケンのこと知らないし、ケンケンだって、あたしのことは知らない。でも、これからも友達として知っていけたらな、とは思ってる。
「なんでよ〜！　いいじゃん！　井原くん！　フレンドリーだし、真心のタイプにも入ってそうだし！」
　果歩は、ここぞとばかりにグイグイとケンケンのことを勧めてくる。
　いや……そんなに勧められても……ね？
「まあ、入ってなくはないけど」
　ケンケンは優しいし、気まずくならないよういろいろ話題を作って話してくれるし、何より笑顔もかわいいし、無邪気でフレンドリー。

だから、クールな人が苦手なあたしにとって恋愛対象外なわけではない。
「ほら、やっぱり！　なら今がチャンス！」
　果歩ってば、通販ショップみたいなノリで言わないでよ！と心の中でツッコミを入れる。
「そうそう！　井原くんと真心ちゃんお似合いだよ！」
　げっ……京香ちゃんまで……。
　だから、勧められても困るんですけど……。
「それとも、他に気になる人でもいるの？」
　果歩の言葉にドクンッ！と心臓が過敏に反応した。
　いやいや……そんな人いないのに、なんでこんなに反応しちゃうわけ？
　なんか、それじゃあまるで気になっている人がいるみたいになるじゃん。
「いないよ。でも、恋は落ちるもんでしょ？」
　無理やり好きになっても無駄だと思うんだけど……。
　悲しい別れにつながるだけ。
「まあ、それはそうだね。いい人を見つけたら即報告だかんねーっ！」
「わ、私にも……教えてほしいな！」
「わかったわかった。ちゃんと教えるから」
「絶対だよ？　絶対のぜーったい！」
「わかったから、果歩。ほら、２人とも次のところ行こ？」
　それから話はそれて、あたしたちは帰りのバスに乗る時刻を迎えた。

「席は行きと同じところに座れよー、いちいち確認すんの面倒くせぇから」
　まいてぃーがクラスのみんなに言うと、京香ちゃんは眉を下げて申し訳なさそうな表情を浮かべていた。
　きっと、帰りは1人で乗るつもりだったんだろうな。
　まいてぃーも相変わらず面倒くさがり屋だなー……って、あたしも人のこと言えないけど。
「京香ちゃん！　気にしないでね！　あたし、あそこの席楽しいから！」
　京香ちゃんの肩をポンッと叩いて笑ってみせると、彼女も安堵の笑みを浮かべた。
　ケンケンと話すのは、本当に楽しい。
「真心ちゃんと果歩ちゃんって、ほんとにいい人すぎるぐらいいい人だよ」
　急にそんなことを言いはじめた京香ちゃんに、驚きで固まってしまうあたし。
「あたしたちがいい人？　まあ、あたしはともかく果歩はめちゃくちゃいい人だよね」
　ただ果歩は、ちょっと抜けてるしめちゃくちゃ面食いだから、たまに心配になったりするけど、意外と芯はしっかりしてて、優しさで溢れてるような女の子。
　まいてぃーとニコニコと笑いながら話している果歩を見ながら話す。
　すると隣からクスクスと笑い声が聞こえてきて、不思議に思って、京香ちゃんを見る。

「どうしたの?」
　あたし、なんか変なこと言ったっけ?
「ううん、なんでもないの。でも、果歩ちゃんとまったく同じこと言うから、2人はほんとに仲がいいんだなって思って」
「果歩も?」
「うん!　真心ちゃんはサバサバしてるけど、優しいし、人の嫌なことは言わないし、あたしとは違ってすごくいい子なんだよって言ってたよ」
　それには、さすがのあたしもビックリ。
　果歩がそんなこと思っていてくれたなんて。
「なんか照れくさいね」
「あとね、サバサバしてるけど誰よりも女の子な面もあるって言ってた!　だから、そんな2人と友達になれたことが私の自慢!!」
　誰よりも女の子な面って……あたしに、そんなところあるのかな?
　まあ、でも果歩が言うならあるかもしれない。
　自分が気づいてないだけで。
　満面の笑みをあたしに向けてくれた京香ちゃんに「あたしもだよ」と微笑み、バスに乗り込んだ。

「マコマコ!　お菓子食べる?」
　そう言って目の前に差し出されたお菓子の入った袋。
「ん?　今はいらないや。ごめんね」

「そっか。欲しくなったらいつでも言って」
　優しい笑みを浮かべ、ケンケンがお菓子の袋をリュックサックにしまった。
「ありがと」
「いいよ、別に。ところでさ……」
　急に声が変わったケンケン。
　どうしたんだろう?
　いつもはお調子者でヘラヘラしてる感じなのに、突然のことに戸惑う。
「何?」
「あのさ……」
　いつになく、オドオドとしている彼に少しイライラする。
　言いたいことがあるなら、ちゃんと言ってよ。
　モジモジされている間の沈黙が嫌だ。
「何?　そんなに溜めてないで早く言ってよ」
　キツい言い方にならないよう心がけつつも、いつもの癖でぽんとケンケンの肩を軽く叩く。
　あたしって……めっちゃせっかちなのかも。
　これじゃあ、まるで催促してるみたいじゃん!
　はぁ……この性格どうにかしなきゃな、と思いながら、心の中で大きなため息をつく。
「マコマコは好きな人とかいるの!?」
「え……?」
　思わぬ質問に言葉を失う。
　好きな人……?

「いないよ」
　あたしがそう言うと、「マジで!? よっしゃ！」と言って幼い子供のように喜んでいるケンケン。
「ち、ちなみに好きなタイプとかは……？」
「うーん……」
　好きなタイプ……か。
　なんだろうなー……優しいとかはありきたりだしなぁ。
　それに、大抵の人は優しさを持ち揃えているし。
「やっぱ、自分のことを大事に思ってくれる人かなぁ」
　付き合っているのに大事にしてくれない人なんか……絶対に嫌だし。
「愛情表現とかはされたい派？」
　ここぞとばかりにいっぱい質問してくるケンケン。
　こんなこと聞いてどうしたいんだろう？
　一瞬そう思ったけど、それを聞いたらケンケンを傷つけることになりそうだから、素直に質問に答える。
「そりゃあ、してくれるほうがいいね」
　されないよりもされるほうが安心するじゃん。
　それに、キュンキュンするし!?
「そっか、そっか。参考になった」
　ニコニコとうれしそうに笑うケンケン。
　その顔は、ケンケン……恋してますね。
「ケンケン、好きな人いるでしょ」
「えぇ!?」
「ふふ、わかりやすい反応だね」

「もしかして、俺の好きな人わかっちゃった？」
　焦っている彼に首を左右に振る。
　好きな人がいるのはわかっても、誰かまではさすがにわかんないよ。
「よかった〜、バレてなくて」
「バレたらまずい人なの？」
「いやー、まあ今はまだ片想いしてたいんだ」
「そうなんだ。ケンケンはいい彼氏になりそうだね」
　ケンケンの彼女になった人は毎日幸せなんだろうな。
　ちょっと、ヘタレなところが玉にキズだけど。
　でも、素直に自分の気持ちをぶつけてくれるから、そういうところはすごくいいと思う。
「っ……そんなこともないけどありがと。マコマコもいい彼女になりそうだよ」
　ケンケンの顔が少し赤いように見えるのは……あたしだけかな？
「あたしは、いい彼女になんてなれないよ」
「なれるなれる！　マコマコの彼氏になった人は幸せだろうなー……」
「だといいんだけどね」
　あたしには誰かを幸せにできる力なんてあるのかな？
　なんて、らしくもないことを思っていると、知らない間に学校についていた。
　みんなとバイバイしてから、ふぅちゃんと帰りが被らないように家へと帰る。

ふぅちゃんはまだ帰ってきてないらしく、玄関に突っ立って真っ暗な中で今日のことを思い出していた。
　今日のふぅちゃん……変だったな。
『大丈夫……もし、またはぐれたら俺が見つけてやるから』
　なんか、思い出すだけで恥ずかしくなってくるし、ドキドキする。
　そういえば、あたしも変だった。
　苦手なはずのふぅちゃんにときめいてたし……。
　まあ、無事に校外学習を終えて、ここに帰れただけでよしとしよう！

2LDK♡

アイツのこと、好きなの？

　校外学習が終わってから3日がすぎた。
　ふぅちゃんとは部屋でもほとんど話すこともなく、声をかけても"有村スルー"でかわされる。
　ベッドじゃなくて、床に布団を敷いて寝ることにもやっと慣れてきた最近。
「お前ら、校外学習は終わったけど、来週テストだぞ。わかってんのか？」
　まいてぃーが教卓に手をついて珍しく真面目に話していると思ったら、テストの話だ。
　あたしたちからしたら、まったくうれしくない。
　むしろ、耳が痛くなるような話。
　来年、あたしたちは受験生だから、まいてぃーも他の先生から『気合入れていけ』なんて言われたんだろう。
「今から頑張れば、行きたいところにも行ける。就職するヤツも知識だけはつけといて損はないぞ」
　うわぁ……なんかまいてぃーの口からこんな言葉たちが出てくるなんて久々だ。
　最近は、いつもテキトーなことしか言ってないから。
　表情もいつになく真剣で少しカッコよく見える。
　だからなのか、今日はみんな真剣にまいてぃーの話を聞いている……約1名を除けばね。
　その1名とは、さっきから本と睨めっこ中のふぅちゃん。

「まあ、とにかくテスト頑張れよってこと。じゃあこれにてＨＲは終わりだ。気をつけて帰れよ」

　まいてぃーの珍しく教師らしい話が終わると、みんなそれぞれ帰る準備をはじめた。

「ねぇー、真心。あたし今回は本気でヤバいかも」

　スクールバッグに教科書などを詰め込んでいると、いつものうるさいテンションとは打って変わり、今日はしょんぼりと眉を下げて、らしくない様子の果歩。

　珍しいな……。

　ここ最近は京香ちゃんも加わり３人で話していたから、果歩と２人きりになるのは久しぶり。

　京香ちゃんは自分の家からこの学校に通っているらしく、さらに塾にも通っているから、放課後一緒に過ごすことは少ない。

「どうした？　とにかく、今日あたしの家に来なよ。新居になってからまだ１回も来たことないし」

　あ……でも待って。

　そういえば、あたし今は１人で暮らしているんじゃなかった。

　ふぅちゃんもいたんだった……！

　家にいてもお互いまったく話さないから、すっかり忘れていたよ……!!

「真心……ありがとね」

　場所を変えなきゃと思ったけど、大きな瞳を潤ませて今

にも泣きそうな彼女を見ていると、『やっぱり、無理』なんてことは言えるはずもなく……。
　ふぅちゃんには申し訳ないけど……どっかに行ってもらうしかない。
　ていうか、どうやってこのことを知らせようか？
　まだ教室にいるかもと思って見渡すけど、彼の姿はどこにも見当たらない。
　いつも、帰んの早すぎなんだってば。
　しかも家に帰れば、そこにはふぅちゃんがいてソファを占領されている。
　きっと今日も、あの場所で本を読んでいるのだろう。
　連絡先なんて知らないし……はぁ、こんなことになるなら今日の予定を聞いておけばよかった。
　でも、どうせ聞いても無視されて教えてくれないんだろうなぁ。
「んじゃあ、さっそく行こっか」
　まあ、なんとかなるでしょ。
　そう思い、人が少なくなってきた教室から出た。

　半泣き状態の果歩を連れて部屋の前まで来たのはいいけど……。
　どうしようか？
　ふぅちゃんは帰っているだろうから、今部屋に入れれば、同居のことが果歩にバレてしまう。
　そうなったら、かなりまずい。別に果歩にバレてもダメ

なことはないけど、できるだけ秘密にしておいたほうがいい気がするし。
　もし、学校側にバレたら退学の可能性だってあるし、それだけは避けたい……。
「ごめん！　果歩！　まだ部屋が散らかってるからちょっとだけ待ってて！」
　考えに考え抜いた結果、こんな言葉しか出なかった。
　あたしがそう言って荒々しく扉を開けて入っていくのを、果歩はポカーンとしながら見ていた。
　あたしは部屋とかはきれいにしてるタイプだから、果歩は"珍しいな"って思ってるだろうなぁ。
「ふぅちゃん!!　大変!!」
　慌てて部屋に入ると、思ったとおりふぅちゃんはいつものようにソファに座って読書をしていた。
　でも、いつもと違うのはイヤホンをつけていること。
　なんでこんなときに限ってイヤホンなんかつけてるの！
　そのせいで、あたしの声は彼の耳には届いてないみたい。
「ふぅちゃんってば……!!」
　彼の体を揺すりながら、左耳のイヤホンを外す。
　すると、彼は心底不愉快そうな表情をあたしに向ける。
「……んだよ。うるせぇな」
「違うんだってば……！　今すぐ自分の部屋に行って！　それであたしがいいって言うまで部屋から出ないで！」
「いきなりで悪いけど、お願い!!」
　あたしはマシンガンのように次から次へと言葉を発する

けど……。
「……意味不明。なんで俺がお前なんかに監禁されなきゃなんないの？」
　そう言って外れたイヤホンを再び耳につけようとする、ふぅちゃんの手を慌てて掴む。
「事情はあとで話すから……!!　お願いだってば！」
「今日の夕飯……ピーマン入りの野菜炒めで明後日は焼き魚に決定だから」
　それだけ言うと、ソファから腰を上げて自分の部屋に入っていった。
　待って……あたしの嫌いな食べ物ばっかじゃん。
　部屋に移動してくれたのは感謝するけど……ひどいよ。
　ふぅちゃんって優しいのか意地悪なのかわかんない。
　って、今はそんなこと置いといて果歩が外で待ってるんだった！
　ふぅちゃんのローファーを靴箱にしまって……っと、あとはもう何も痕跡は残ってないね!?
「果歩、お待たせ！」
　笑顔で扉を開けると、果歩もぎこちなく笑ってくれた。
「真心が部屋を散らかしてるなんて珍しいね」
　やっぱ、思ってたよね……ビンゴだ。
　まあ、実際は散らかってないんだけどね。
「まあ、引っ越したばっかりだからね」
「それもそうだね。お邪魔しまーす」
　果歩をリビングへと誘導してソファに座ってもらう。

さっきまでふぅちゃんが座っていたところ。
「で……？　どうしたの？」
　本当は部屋で話したいんだけど、今のあたしの部屋になんか入れたら異変に気づかれる。
　ベッドはないし、引っ越す前に果歩に見せた部屋の写真と全然違うし。
　その部屋を使ってるのは、ふぅちゃんなのだから。
「……泰人と別れるかも」
　静かなリビングに響いたのは震えた果歩の声。
　彼女の瞳からは今にも涙がこぼれ落ちそうだ。
「果歩、なんでそう思うの？」
「あたし……見ちゃったの。あの女の先輩が泰人と仲良さげに部屋に入ってくところ……」
　そう言ったときには、彼女の瞳からは大量の涙がこぼれ落ちていた。
「そ、れで……あたし怖くて……。泰人に別れようって言われるんじゃないかって思ったら怖くて、泰人のことを避けちゃって……」
　泣きじゃくる果歩の背中を優しくさする。
「そうだよね。そりゃあ怖くなるし不安にもなるよね」
「……うぅ……ぐすっ……」
「でもね、果歩。本当のことは泰人先輩に聞かなきゃわかんないよ？　怖くても、ちゃんと自分の気持ちを伝えることが大事だし、２人なら、きっと乗り越えられるよ……」
　怖くても勇気を持って聞いてみなきゃ、お互いの気持ち

はいつまでたってもわからないままだから。
　もしかしたら、果歩が誤解しているだけなのかもしれないし。誤解したまま、終わるなんてことは一番嫌なパターンだから。
「うんっ……あたし、話してみる……」
「もし、なんか言われたらいつでもあたしに言ってきな。先輩だろうがなんだろうが、ぶっ飛ばしてあげるから」
「ハハッ……それは頼りになるね。ていうか、真心ならほんとにしそうで怖いよ」
　隣で笑っている果歩の表情は、さっきよりも少しスッキリとしたように見えた。
「当たり前じゃん。だって、親友を傷つけて黙っていられるほど、あたしはか弱くないからね」
　大事な、本当に大事な親友なんだもん。
　傷つけたらタダじゃおかないんだからね。
「やっぱり、真心は真心だね」
「それはどういうことですかね？　果歩さん」
「んー、そのまんまだよ。真心は昔から変わんないよねってこと」
　いつものような明るさが戻ってきたみたいで、ホッと胸を撫でおろした。
「まあ、それはあたしも思う。でも、昔はもっとかわいげあった気もするかも」
「それは同感だね。中学のときとかめちゃくちゃかわいかったもん。今はこんなに冷めてるけどね〜」

「果歩ってば、失礼だし」
「アハハ、ごめんってば〜。あたしは昔の真心も今の真心もどっちも好きだよ」
「なんなら、いっそあたしと付き合う?」
　なんて、笑いながら冗談を言う。
　あたしにしては珍しい冗談だ。
　いつも、こんなことを言うのは果歩だけだから。
「いやいや、遠慮しとくよ。真心には井原くんがいるからね」
「なんでケンケンが出てくるのさ」
　あたしとケンケンはただのクラスメイトじゃん。
「そのうち好きになるよ」
　ニヤニヤ、と頬を緩めながら言う果歩を軽く睨む。
「だーから、なんでそうなるの。あたしとケンケンは友達じゃん」
「もうさ、真心。そろそろ恋したほうがいいよ?」
「やだよ〜」
　果歩はあたしの未来を心配して言ってくれてるんだろうけど、あたしには、まだ恋は早いと思う。
「もうっ!　井原くんなら絶対幸せにしてくれるって!」
　しびれを切らしたようにあたしの肩を強く叩く果歩は、さっきまでの弱々しい様子とはまるで違う。
「それはなんとも言えないけどさ〜」
　確かに、彼氏にするなら、ケンケンみたいな人がいいけどね。
「ほら、わかってんじゃん!!」

それから、1時間ほどみっちりとケンケンとの恋愛について語られた。

「さぁー、喋ってスッキリしたし。帰るわ」
　この部屋に来たときの表情とは、まるで違う顔つきで帰っていった果歩。
　まあ、なんだかんだで元気になってくれたならよしとするか。
「ふぅちゃーん、もういいよ〜」
　果歩が帰ってから1分もしないうちにバンバン、と彼の部屋の扉を叩いた。
　すると、扉が開いてふぅちゃんが顔を覗かせる。
「お前はいちいちやることなすことうるせぇんだよ」
　だけど、扉から顔を覗かせた彼の表情は眉間にシワを寄せて見るからに怒っている。
　これはかなりご立腹のようですね。
「何よそれ!!」
「てか、そこどいて。ドア開けらんない、邪魔」
　淡々と悪口を並べていくふぅちゃんにイラッとする。
「それが人にものを頼むときの態度!?」
　扉の前からどかずに仁王立ちをして、スラッとした背丈の高い彼を見上げる。
「お前だけには言われたくない。てか、なんで俺がくだらない女子会のために監禁させてたんだよ」
　いや……まあ、それはごもっともなんですけど。

でも、ちょっと待って。あたしたちの大切な女子会を『くだらない』だと……!?
　ギッと睨んでくる彼は最高に怖いけど、負けじとあたしも睨み返す。
　次の瞬間、あたしとふぅちゃんの間にピリピリとした空気が流れはじめる。
「失礼だから、それ！」
「……女なんかいなくなればいいのに」
　ぼそっ、と呟いた彼の声はあたしの耳にちゃんと届いた。
　……本当に女嫌いなんだなぁ……。
　でも、納得している場合じゃない。
「はぁ？　あんたバカなの？　それ仮にも女のあたしの前で言うこと？」
　そういうことは、男の子の前で言ってよね。
　あたしだって、こんなんでもれっきとした女の子なんだから。
「別に関係ないだろ。マジでどいて」
　あたしがいるにもかかわらず、その言葉とともに強引に扉を開けるから仕方なく避ける形になる。
「ちょっと……！」
　迷わずリビングへ向かい、ソファに座ったふぅちゃんのあとを追いかける。
「ついてこないでくれる？　鬱陶(うっとう)しいから」
「はあ!?　まだ話の途中なんですけど!!」
　自分でも理解できないけど、ふぅちゃんといたら、あた

しがあたしじゃなくなるんだけど。

　妙に頭にくるっていうか……なぜか、いつもの冷静さを失うんだよ。

　変なの……。

「俺は話すことない」

　あまりにもバッサリと言いきったもんだから、あたしは彼の隣に座って何がなんでも話してやろうと、わけのわからない闘争心を燃やしていた。

「さっきの女子会はというとね……」

　そういえば、話してなかったな……なんて思って話そうとしたら、ふぅちゃんがあたしのほうを見た。

「知ってる。全部聞こえてたから」

「ええ!?」

　ま、まさか……全部聞かれてたなんて。

　リビングからふぅちゃんの部屋までの距離は、目と鼻の先ほどだ。

　冷静に考えれば、丸聞こえだ。

　ごめん……果歩、聞かれてたわ。

　心の中で果歩に謝る。

「しかも、お前声デカすぎ。鼓膜破れるかと思った」

「はあ!?　それも失礼だからね!!」

「その声もうるさい。あと、すぐ泣く女も無理」

　彼の視線はもうあたしには向いていなくて、やっぱり本へと向いている。

「すぐ泣く女って果歩のこと言ってる？」

「別に……特定してるわけじゃない」
「ふーん……」
　果歩のことだったら、頭に１発ゲンコツを食らわせてやったのに。
　でも、違うのか……。
　あーあ、それはそれで残念だな。
　今までのイライラをすべて込めて盛大な１発……と思ってたのに。
「ねえ、話し相手になってよ。つまんない」
　せっかく、２人で住んでるのに会話らしい会話が一切ないなんておかしいじゃん？
　あたしもあたしだ。
　なんで苦手なヤツに『話し相手になって』なんて言ってるんだろ？
　あたし、そんなに友達に飢えてないのにな。
「やだ」
　予想どおりの返答に心の中でクスリ、と笑う。
「まあまあ、そう冷たいこと言わずに」
「お前もいつも冷めてるだろ」
　しかも、「俺の前ではうるさいけど」なんて続けながら本のページをめくる。
　あたしは冷めてるんじゃなくて、思ったことをすぐに口にしちゃうんですーっ！
　これは言ったらマジで殺されるから、あたしは何も言わずに彼に向かって思いきり嫌味のこもったアッカンベーを

した。
　どうせ、本に夢中だから気づいてないだろうし。
　すると、ちょっとだけムカつく気持ちが晴れて、机の上に置きっぱなしだったスマホに手を伸ばす。
　ところが、隣から手が伸びてきてあたしのスマホが奪われた。
　ビックリして隣を見ると、そこには読書をやめてあたしをジッ、と見つめるふぅちゃんがいた。
「な、何……？　す、スマホ……返して？」
　突然のことに心臓がバクバクしてうるさい。
　あまりにもきれいすぎる顔にこんな至近距離で見られたら、誰だってドキドキするってば。
「やだ。返さない」
　次の瞬間、ひょい、とあたしのスマホを上に持ち上げたからあたしは取り返そうと手を伸ばすけど、身長が高い彼には敵わない。
「い、意味わかんない……！」
　それでも必死に手を伸ばしていると、いきなり、ふぅちゃんが伸ばしていたあたしの手をグッ、と軽く掴んだ。
「なぁ……アイツのこと、好きなの？」
　彼の心地いい低い声が耳に届き、体が甘く痺れる。
　サラサラの前髪の間から彼のきれいな瞳を覗かせて、あたしの目をしっかりと捉えて離さない。
　その瞳はやけに色っぽくて、ドクンッ！と大きく胸が高鳴る。

ふぅちゃんに掴まれている腕の部分がジンジンと熱くなっていき、そのせいかどんどん速くなっていく鼓動に頭がクラクラする。
「す、好きって……誰が誰を？」
　ドキドキしているのがバレないように必死に平然を装うけど、絶対できてない。
　だって、あたし……言葉カミカミだし。
　それに、ふぅちゃんにこんなことを聞かれるなんて思ってなかったし。
　てっきり、アッカンベーしたことがバレてたんだと思ってたから。
「……お前が井原のことを」
　あ、あたしがケンケンを……？
　そういえば、さっき果歩との話を聞いていたなら、ケンケンと付き合えばいい、という果歩の変な提案を聞いていたのかもしれない。
　でも……なんでふぅちゃんがそんなこと気にしてるの？
「す、好きじゃないよ……！　ケンケンは友達だから!!」
「ふーん。そう」
　急に素っ気なくなったけど、どこか弱々しい表情のふぅちゃんにますます鼓動が速くなる。
　そんな反応……ズルいから。
　反則だよ、反則。
「う、うん……！　だから、早くスマホ返して？」
　もう……いつまでもこんなの耐えられない……!!

そのうち、心臓がドキドキしすぎて破裂してしまう!!
「なら……いや、やっぱなんでもない。はいこれ」
「え？」
　自分の手に戻されたスマホをジッと見つめる。
　え……今のはなんだったの？
「言いたいことがあるなら言ってくんないとわかんない」
　ムッ、として彼を睨みつけるけど完全にスルーされた。
　はあ？　自分だけ話しといて人の話は無視ですかーっ!?
　ほんと、イライラするわ。
　さっき、ときめいてしまったのは不可抗力だ。
　誰だって、こんなきれいな顔が近づいてきたらドキドキするじゃん。
　そう、誰だって……。
「てか、お腹すいたから早くご飯作ってよ」
　スマホの画面に表示されている時間を見れば、もう18時をすぎている。
　いつもなら、勝手にそそくさと準備はじめるくせに。
「お前のせいで今日の分の内容、まだ読めてないから無理」
「え？　何それ？　本なんかあとでもいいじゃん!!」
　ふぅちゃんだって、お腹すいてるでしょ？
　すると、ふぅちゃんの表情が曇った。
　なんでそんな切なげな瞳をするのさ。
　そんなにあたしにグチグチ言われて悲しいの？
　ていうか、1日に何ページ読むとか決めてるなんて、どんだけ几帳面なのよ。

「……無理だから。あと10分待って」
「はいはい」
　仕方ないから10分待つことにしたあたし。
　静寂に包まれた部屋の中で聞こえるのは、彼がページをめくる音だけ。
　あたしは何もすることがなくて、ただ10分間ボーッ、としていた。
「ねえ、もう10分たったよ」
　10分後にまた声をかけると、今度はパタンと読んでいた本を閉じて、スタスタとキッチンへと向かう彼。
「てか、なんでお前に俺が指示されてんだよ……」
　そんなことをブツブツと1人でため息をつきながら言ってるけど、ちゃんと有言実行はしてくれている。
　ソファに1人になって、机に置いてあるスマホをなんとなく見つめる。
『アイツのこと、好きなの？』
　脳裏をよぎるのは、さっきの出来事。
　ふぅちゃん、意外と力があって本当にきれいな顔をしていた。
　あれで、女嫌いだなんてほんとにもったいないと思う。
　思い出すだけでも顔がぼっと赤くなり、恥ずかしくなってくる。
　あのあと、はぐらかされたけど……ふぅちゃんはあたしになんて言おうとしたんだろ？
　うーん……、わかんないや。

途中で言うのをやめられるのが一番嫌なのに。
「できた」
　その声とともに、おいしそうな匂いが鼻に届く。
「はーい」
　料理の並べられたテーブルには、本当にピーマン入りの野菜炒めがドーンッ！と真ん中に置かれていた。
　え……、あれって嘘じゃなかったんですか？
　ビックリしてイスに座らずにテーブルの前で野菜炒めを見つめていると、クスクスと笑い声が聞こえてきた。
「ハハハッ……！　もしかして、嘘とか思ってた？」
　え……？　ふぅちゃん……。
「笑った!!」
「え？」
　あたしがいきなり騒ぎ出すもんだから、きょとんとしているふぅちゃん。
「ふぅちゃんが笑った!!　笑えるんだね!!　絶対そっちのほうがいいって!!」
　かなり興奮しているあたしとは違い、笑うのをやめて呆然とあたしを見つめるふぅちゃん。
　でも、すぐに視線を野菜炒めへと移し、なぜか口元を手の甲で隠しながら、「俺だって人間だし」と言って食べはじめた。
　ピーマンが入ってるのは気に食わないけど、ふぅちゃんが笑ったから、この際どうでもよくなっちゃう。
「……お前、ニヤケすぎ。キモい」

「だって、ふぅちゃんが笑ったんだもん。うれしい」
　絶対、普段は声を出してなんて笑わない、ふぅちゃん。
　だからこそ、うれしかったんだ。
　ちょっとでも心を開いてくれたような、そんな気がしたから。
　それにしても、ふぅちゃんの無邪気な笑顔……めちゃくちゃカッコよかった。
　笑うと目がなくなるタイプなんだとか、えくぼができるんだなとか、思うところはいろいろとあったけど、とにかく本当にカッコよかった。
　一瞬、不覚にもドキッとしてしまったもの。
　ふぅちゃん……キミは女嫌いだし、笑わないし……人生損ばっかりしてるよ……。
　なんて言葉は、心の中にしまっておこう。
「お前のほうが強烈だっつーの……」
　なんて彼が呟いていたのを、浮かれていたあたしは聞いていなかったのだ。

俺にだけドキドキしてろよ

「はぁー……もう勉強ばっかり嫌になっちゃう」
　ヘナヘナ、と机に頭を乗せて勉強を中断していると、コツンと頭を軽く叩かれた。
「お前、勉強やらないなら自分の部屋に戻れ」
　あたしの大事な頭を叩いたのは、ふぅちゃん。
　しかも、あたしの大嫌いな現国の教科書で。
「いったいなー……。そっちだって、さっきからずっとその教科書しか読んでないくせに」
　叩かれた後頭部をスリスリと撫でながら言った。
　他の教科はいいのかな？
　かれこれ１時間は勉強してるけど、ふぅちゃんは現国の教科書しか見ていない。
「俺のことに口出しするな」
　ふぅちゃんに謎のセリフ、『アイツのこと、好きなの？』と言われてから２日たって今日は日曜日。
　うちの学校は私立で進学校だし、２人とも一応来年は受験生なので、リビングで勉強しているところ。
　まあ、勉強してたのはあたしだけだけどね。
「はいはい。わかりましたよ」
　最近、ふぅちゃんとはよく話すようになってきたと思う。
　扱いにも慣れてきたところだし。
「お前、歴史得意なの？」

「そうだけど、何か？」
　ふぅちゃんはノートに視線を向けたまま、黙々と手を動かしている。
「ふーん……」
「何よ、感じ悪いわ」
　自分から聞いてきて、「ふーん」とか意味わかんないし。
　プンプン、しながら乱暴にノートに文字を写していると、あたしのノートの横にブルーのノートが置かれて、その前に……つまりはあたしの隣にふぅちゃんが座った。
「ちょっと、近い」
「近くない。俺も勉強すんの」
「え、急に……なんで？」
「赤点を取りたくないからに決まってんだろ」
「あ、そうですか」
　そんな当たり前のことを言われたら、さすがに何も言えないじゃんか。
　そして、お互い勉強に取り組もう……と思った５分後。
　ふぅちゃんのノートがさっきから真っ白なままなんですけど……!!
「ふぅちゃん、勉強する気ある？」
「……うるせぇ」
「わかんないの？」
「……」
　でた、"有村スルー"!!
　しばらく彼を見ていると、ノートを閉じてまた現国の教

科書を見はじめた。
　だから、さっきからそればっかじゃん。
「ねえ、いい加減、他の勉強も……」
　『しなよ』と続けるつもりだったのに、その言葉はそっと胸の中に押し込んだ。
　だって、今あたしの隣にいるふぅちゃんはその教科書をジッ、と切なげに見ていたから。
　ふぅちゃんは、読書してるときもたまに切ない表情をしている。
　きっと、本人は気づいていないから無意識なのだろうな。
「なんか……現国に思い入れとかあるの？」
　聞いてしまった……ずっと聞きたかったことを。
　でも、それは絶対に聞いてはいけないことだと思ってたから言わなかった。
　干渉するのは自分も嫌だったから。
　でも、もう我慢できなかった。
　気になって気になって仕方なかった。
「……なんでそう思うわけ？」
　彼はこちらには一切視線を向けず、ずっと現国の教科書を見つめている。
「だって、いつも現国だけは成績いいじゃん」
　そう、ふぅちゃんは他の教科は普通なのに、現国だけは異常なまでに点数がずば抜けて高いから。
　いつも学年トップの点数を取っている。
「聞きたい？」

「教えてくれるなら聞きたい」
「中学のとき、めちゃくちゃ熱心に教えてもらったから、その名残って感じ？」
　と言いながら、呆れたような、どこか寂しそうに笑う彼。
　中学のとき……確か、ふぅちゃんはあたしと同じ県の中学校に通っていたと聞いたことがある。
　あたしが住んでいたところの隣街にある中学校だったっけな？
「そうなんだ……」
「別に……特別な意味はないから」
「変なこと聞いてごめん」
　ねえ、本心を見せてよ。
　その瞳の奥の気持ちが知りたい。
　ほんとは、もっと特別な意味があるんでしょ？
　なんでこんなことを思ってしまうのかは自分でも不思議で仕方ないけど、もっとふぅちゃんのことを知りたいと思うんだ。
「別に気にしてない」
「本当は、ごめんなんて思ってない」
「はあ？」
　いきなりこんなこと言い出したあたしに、意味がわからないという顔をしているふぅちゃん。
　どうしても、気になる。
　キミの触れてはいけない過去に。
「あたし、嘘つく人が嫌いなの。嘘ついてたらすぐにわか

るし。だから、ふぅちゃんが今嘘ついてるのもわかってる」
　最初は苦手だった。
　その感情のこもってない声も、どこか見下したようにあたしを見る瞳も、思いやりのない言葉や態度も。
　だけど、本当の彼はそんな冷たいだけじゃないって知ったから今は気になって気になって仕方ない。
　そう思う理由は何かと聞かれれば、"ただのお節介"だと答える。
「……お前ってほんと変わってるし、意味不明だな」
　はぁ、とため息混じりに言って、あたしの瞳を捉えた彼の瞳は切なげに揺れていた。
　見ているだけで、胸がぎゅっと痛いほど締めつけられる。
「それがあたしだもん」
「でも俺は、お前のことだけは嫌いじゃないよ」
　——ドクンッ……。
　ほんとに、ふぅちゃんはズルいと思う。
　こんなときにまで、そんなこと言うなんて。
　決して、深い意味はないのに心臓に悪いんだってば。
　っていうか、毎回毎回ドキドキしちゃうあたしもあたしだよ。
　友達なのに……いや、友達でもないただのルームメイトなだけなのに。
「あ、ありがと……」
　恥ずかしくなって、思わず視線を下げた。
「真心……今ドキドキしてる？」

ほら、またそうやって急に下の名前で呼ぶんだから。
やめてよ、まだその呼ばれ方には慣れてないんだし。
「し、してない」
「嘘つきだな、お前」
「なっ……！」
　言い返そうとパッと顔を上げると、目の前にきれいなふぅちゃんの顔が、どアップであたしの瞳に映し出された。
「……嘘つく人、嫌いなんじゃねぇの？」
「き、嫌いだけど……！」
　これであたしがドキドキしてる……、なんて言ったら、あたしがふぅちゃんのこと好きみたいじゃん……!!
「なら、ほんとはどっちなの？　聞かせてよ」
　な、なんか話、それてません……!?
　上手いようにふぅちゃんに持っていかれてる気がするんだけど……!!
「し、してるけど……」
「へえ、ずっと、俺にだけドキドキしてろよ」
「っ……！」
　だから、あたし!!
　甘い言葉に惑わされちゃいけないってば!!
　そう思うのに顔と心は正直で……頬は真っ赤に染まり、鼓動は速くなり……ふぅちゃんの言うとおりにドキドキしてる。
「他の男には……すんなよ？」
　あたしのおろしている髪の毛を少し手に取って、そのま

まあたしの耳にそっとかけた。
　そして、彼のきれいな顔が耳に近づいてきて……。
「勉強、頑張れよ……真心」
　耳元で囁(ささや)かれた言葉と、ふわりと柔らかく笑った彼の笑顔に、あたしの心臓は破裂寸前だった。
　耳には彼の吐息がかかり、ジンジンと熱を帯びていく。
　次の瞬間、ふぅちゃんは立ち上がって自分の部屋へと入っていった。
　こんなこと言われたあとに真面目に勉強なんかできるわけないでしょ……!!
　赤みがなかなか取れていないであろう熱い顔を片手で押さえながら、もう片方の手でシャーペンを握る。
　そのあとの勉強はまったく頭に入ってこなかった。
　だけど、結局大事なことは何も聞けずじまいだった。
　上手いこと話をそらされて、甘い言葉に惑わされただけじゃん。
　キミの心に影を落としているものは何?
　キミの心の奥にいて忘れられない人は誰なの?

　そして、時刻は16時。
　あたしは、机の上に置いてあるふぅちゃんの本に手を伸ばしていた。
　そういえば、この前も見たけどミステリーだったな。
　テキトーにページを開くと、文字がぎっしり書かれていて目がチカチカする。

この本、結構分厚いし何回も読み返してる感じがするけど、ふぅちゃんどこまで読んでるのかな……？
　ペラペラ～とページをめくっていくと、しおりが挟まっているページで手を止めた。
　このしおり……この前も挟んであって、ふぅちゃんには似ても似つかない柄だなって思ってたんだった。
　改めて、しおりを手に取りじっくりと眺める。
　下の端っこに小さくかわいい字で"楓希くん"と書かれていた。
　それを見た瞬間、なぜかチクッと針で刺されたような痛みを胸に感じた。
　これって……中学のときの元カノとかが書いたやつ？
　どうりで、ふぅちゃんらしくないしおりだったわけだ。
「また、勝手に見てる」
　ひょいと上から手が伸びてきて、あたしの持っていた本としおりはふぅちゃんに奪われた。
「ごめん、毎日読んでるからどこまで読んでるのかなって思って」
「ふーん……あっそ」
「あ、そうそう。現国でわかんないところがあってさー」
　話をそらそうとノートを開こうとしたら、急に視界がグラッと揺れた。
　あたしはなぜかカーペットの上に寝転んでいて、目の前にはふぅちゃんがあたしの顔の横に手をついて、真剣な瞳であたしを見つめていた。

な、何……？　この状況。
　これって、テレビでよく見る床ドンってやつだよね？
「話、そらすなよ……バカ」
　彼の黒目がちで切れ目な瞳が、あたしのことをしっかりと捉えて離してくれない。
　そっちだって、さっきあたしの話をそらしたくせに。
「ふぅちゃん……!?」
「なぁ、しおり……見た？」
　うるさい鼓動がふぅちゃんに聞こえてしまわないか心配しながらも、コクコクッと上下に頭を振った。
　ふぅちゃんの大切な……しおり。
「やっぱり……。はぁー……なんで見んだよ」
　少し困ったような表情をしているふぅちゃん。
　そんなに見られたくなかったのかな。
「ダメ……だったよね？」
　恐る恐る尋ねると「うん。ダメだった」と答えて、その整いすぎた顔をあたしへと近づけてくる。
　このままじゃ……き、キスされる……!!
「ちょ、女嫌いなんじゃ……っ!?」
「そのはずなんだけど、俺も自分で不思議なぐらいお前に夢中」
　へっ……!?　あ、あたしに夢中……!?
　他に想っている人がいるくせに、なんでそんなことを言うの？
「い、意味わかんない……!!　どいてよ!!」

「やだ……って言ったら？」
「無理やりでもどかす!!」
　こんな状況、いつまでも続けてたらあたしがそのうち気絶してしまう。
「……仕方ねぇな」
　その言葉を聞いてホッと胸を撫でおろしていると、チュッと短いリップ音が耳に届き、おでこに柔らかいものが触れた。
「なっ……!?」
「隙ありすぎ」
　余裕そうな笑みを残して彼はあたしから離れると、ご飯の支度をしようとキッチンへと向かった。
　一方、その場に残されたあたしはしばらく放心状態。
　こんなことに慣れてないうえに、あのふぅちゃんがあんなことするなんて思ってもなかったから。
　何……!?　あれって告白なの……!?
　でも、好きって言われてないし。
　まだジンジンと熱いおでこを押さえながら考えてみるけど、答えは見つからなかった。
　また、今度……果歩に相談してみようかな？
　それからふぅちゃんはいつもどおりだったから、あたしだけがドキドキしていて、なんだか彼のことを意識してるみたいで少しムカついた。

もっと、俺を頼っていいから

　あれから、結局果歩にも相談することができずに夏休みを迎えてしまった。
　じつはテスト前、校外学習の班メンバーが誰も赤点を取らなかったらプールへと行くと約束していた。
　そして、無事あたしたちは誰1人として赤点を取らなかったから、約束どおり近くの総合プールへとやって来たのだ。
　さすが夏休みだけあって人がいっぱいだ。
　同じ家に住んでいるあたしとふぅちゃんは、人に見られないようにまわりに気をつかいながら部屋から出た。
「人、いっぱいだね」
　うんざりした様子の果歩の言葉に、あたしと京香ちゃんが「うんうん」と頷く。
　人が多いと言えば、校外学習に行ったときに迷子になってふぅちゃんに見つけてもらったんだっけ。
　なんか、懐かしいな。
「今度は迷子になんなよ、真心」
　突然、上から降ってきた声に心臓が大きく飛び跳ねる。
　その声の主はふぅちゃん。そして、その隣にはケンケンと金田くん。
　ふぅちゃんから声をかけてくるなんて珍しい……？
　それに、まだ名前を呼ばれることに慣れていないあたし

は呼ばれるたびにドキドキしている。
「わかってるし」
「あっそ。ならいいけど」
「うん。てか、別にあたしのことなんかほっとけばいいじゃん」

　ほんとはほっといてほしくなんかないのに、こんなことを言っちゃうあたしは本当に素直じゃないし、かわいげがない。
「……そうだな。俺には関係ないしな」
「……そうそう。ふぅちゃんには関係ないからそれでいいの」

　こんなふうに冷たく突き放されても前まではなんとも思わなかったのに今は違う。

　ひどくショックを受けてる自分がいて少し戸惑う。

　嫌だなぁ、あたし。

　おかしくなっちゃったのかな？
「はぁ……よくなんかねぇくせにそんなこと言うなよ」
「え……？」
「お前はすぐ見栄張って強がるからな」
「……何よそれ」

　核心を突かれて嫌なはずなのに、なんでこんなにうれしくなっちゃうんだろう。

　ダメ……。この気持ちの意味を理解してしまったら、あたしはダメになる。

　だから、これ以上惑わせないで……。

「それにお前のこと、ほっとけるわけねぇだろーが。相変わらずバカだな」
「バカって、あたしはふぅちゃんより賢いんだけど？」
　どうして、そんなこと言うのよ。
　出会ったころは絶対こんなこと言うような男じゃなかったのに。
　これ以上、彼と話していると、この気持ちの正体に気づいてしまいそうになるじゃんか……。
「……勉強はな。他のところでお前はバカなの」
　いやいや、意味がわからないし。
　勉強以外にどこをバカと言うところがあるのですか？
「ねえ、2人ともいつの間に仲良くなってるの!?　ふぅちゃんって何!?」
「しかも、名前呼びとあだ名で呼び合ってるし！」
　果歩とケンケンの鋭い言葉に、あたしは珍しく動揺してしまう。
　なのに、彼は隣であっさりと言葉を発した。
「……俺と真心が仲良くしてたらダメなことでもある？」
　ドキンッ……。
　ほら、またそうやって変なことを言うでしょ？
　そのたびに、あたしがドキドキしているなんて知らないくせに。
　最近のふぅちゃんは本当に変なんだ。
　妙に優しくなったり、突き放したり、甘いセリフを言ってきたり……。

「いや、別に。有村くん！　真心とこれからも仲良くしてあげてね？」
「うん。言われなくてもそうするから」
　果歩と、ふぅちゃんのやりとりに呆然とする。
　な、なんなの……!?
　本当にふぅちゃんは何を考えてるの……!?
　1回、頭の中を覗いてみたいぐらいだよ。
「それ、俺にとってはよくねぇんだけど」
　け、ケンケン……!?
　どうして、ケンケンはこんなにも不機嫌なんだろう？
　2人の間にはバチバチ、と見えない火花が散ってる気がするんだけど。
「じゃあ……ずっと、よくないままでいろよ」
「はぁ？　無理だし」
「言っとくけど、俺は引く気ないから。もし、井原と付き合っても全力で奪いに行くから」
　なんか、2人あたしを放置してバトってませんか？
　ていうか、さっきからふぅちゃん、あたしの心臓を刺激するようなことばっかり言わないでよ。
　そんな2人を見て何も言えずにきょとん、としていると、果歩が隣に来て腕でツンツンとあたしの腕に当てながら「真心、モテモテだね」なんて言うもんだから、「そんなことない」と否定した。
「ほら、2人ともそのへんにして。今日はせっかくプールに来たんだから楽しもうぜ！　な？　京香ちゃん！」

「え!? あ、うん!!」
 自分に話を振られると思ってなかったらしく、金田くんの言葉にビックリしているけど京香ちゃんの頬はほんのりと赤い。
 もしかしたら……もしかしたらの話なんだけど、京香ちゃんって金田くんのこと気になってたりするのかな？
「まあー! それもそうだな!」
「んじゃ、俺たち着替えてくるからここに集合ってことで!」
 ケンケンと金田くんが浮き輪などを持って更衣室へと向かった。
「あれ? ふぅちゃんは行かないの?」
「あのさ、お前が俺の財布持ってんじゃん」
 果歩たちに聞こえないようにこそっ、と耳打ちしてきたふぅちゃん。
 あ! そういえば、今日の朝ふぅちゃんが財布を忘れかけてあたしのカバンの中に入れたんだった。
「あー、ごめんごめん」
 カバンの中をゴソゴソとあさって財布を取り出して彼に渡す。
 もちろん、女子２人には背を向けて。
「……じゃあな」
「うん。またあとでね」
 それだけ言うと、お互い更衣室へと向かった。
 更衣室に向かいながら、果歩と京香ちゃんの２人に「い

つの間に!?」とか「どっちに行くの!?」とかいろいろと質問攻めされたけど上手くかわした。
　正直、どちらとも恋する気にはなれないし。

「うっわー!　京香ちゃんスタイルよすぎでしょ!」
「果歩ちゃんだけには言われたくない!!」
　なんて盛り上がっている２人を前に、あたしは更衣室から出られずにいた。
　だって、目の前の鏡に映るあたしは人様に見せられるような体型じゃないし……。
　最近、お菓子食べすぎてたからなあ……。
　こんなときに後悔しても遅いのに。
　あーあ!　あたしってばバカだ!!
　果歩も京香ちゃんも、スタイルがいいことは前からわかってたことなのに!!
　しかも、ちゃっかりビキニとか買っちゃったし……。
　メルヘンなのは似合う気がしなかったから、ゼブラ柄のちょっと大人っぽい水着。
「ちょっと、真心!　遅い!!」
　果歩が勢いよくカーテンをシャ!と開ける。
　あたしは反射的にパッと自分の手で体を隠す。
　てか、人が着替えてるときに許可なしに開ける!?
「き、急に開けないでよ……!!」
「あたしと真心の仲じゃん」
　いや、それはそうなんだけど……。

び、ビックリするからね？
「まだ着替えてたらどうするつもりだったの？」
「あ、ごめんって言って閉める」
　はぁ……果歩らしすぎてキツいこと言えないわ。
　どこまでも能天気なこと。
　最近、先輩とちゃんと話し合って仲直りしたからなのか、ケンカも減って……以前よりも機嫌がいい果歩。
「まったく、果歩らしいわ」
「でしょ。っていうか真心いつの間にこんなにスタイルよくなったの？」
　あたしの体を上から下まで見てから言った果歩。
「オススメの眼科、紹介しようか？」
「いや、いらない」
「が、眼科なら私もいいところ知ってるよ!!」
　片手を挙げてぴょんぴょんと跳ねる京香ちゃん。
　か、かわいすぎる……。
「京香ちゃんに紹介してもらったところなら、どこでも行っちゃうわ」
「わかるわかる、真心のはほっとくけど」
「いや、行けや」
　果歩の頭を、ゆるーく空手チョップ。
「今度、3人で私のお気に入りのカフェ行かない!?」
　京香ちゃんからの思わぬお誘いに、あたしと果歩は京香ちゃんの手を握って満面の笑みを浮かべた。
「「行く行く!!」」

女子3人で散々盛り上がって、そろそろ待ち合わせ場所に行こうということになり、あたしはとっさにカバンに入れていた黒のパーカーを羽織ってファスナーを首元まで上げた。
　待ち合わせ場所で待っていると、男子3人がやってきた。
　や、ヤバ……みんなすごい鍛えている感じだ。
　あたし、なんか変態みたいだけど……でも本当に3人とも、きれいに割れた腹筋がヤバい。
　ケンケンはスポーツが得意だから6つに割れている。
　その中でもとくに金田くんなんてボクサーみたいにバキバキに割れていて、それを見た京香ちゃんの顔は真っ赤でかわいかった。
　ふぅちゃんの腹筋は一度だけ見たことがあるけど、こんなにマジマジとは見たことがないから妙にドキドキする。
「お～、みんな予想どおりすげぇスタイルいいね！」
「またまた井原くんてば、お世辞が上手いね～!!」
　果歩は上から何も羽織らずにビキニだけ。
　京香ちゃんはバスタオルを肩にかけている。
　そして、パーカーを着て全身を隠しているのはこのあたしだけ。
　目のやり場に困ってまわりをキョロキョロしていると、運悪くふぅちゃんと目が合ってしまった。
　あ、あたし、明らかに挙動不審じゃん……!!
　そして、ふぅちゃんがあたしに近づこうと足を一歩踏み出したとき、

「マコマコはそれ脱がないの〜？」
　なんて、ケンケンがセクハラともとれる発言をしてきたから彼は足を止めた。
　なんだ……ふぅちゃんはこっちに来ないんだ。
　って、違う違う。
　来てくれなくてもいいし、むしろそっちのほうがうれしいから。
「うん、脱がない」
　あたしは２人みたいにスタイルよくないし。
「えー、もったいないなー。でも、俺はそんなところも好きだけどね」
　あたしにしか聞こえないような小さな声で言って、あたしの頭を満面の笑みで撫でるケンケン。
「す、好きとか言わないで……」
　友達に好きなんて言っちゃダメだよ。
　本気にしちゃう子もいるんだから。
「照れてるの？　かわいいところもあるんだね」
　うれしそうに笑う彼は、まったく悪気がない様子。
「て、照れてないから……!!」
　ていうか、みんなから見られてて恥ずかしいし!!
　果歩と京香ちゃんなんてニヤニヤしてるし……!!
　ふぅちゃんはめちゃくちゃ睨んでくるし……それを見て金田くんはなぜか楽しそうに笑ってるし。
　なんか、もうめちゃくちゃだ。
「さあー、もうプール入ろぜ〜。俺、もう干からびちゃう〜」

だけど、金田くんの言葉でみんなプールに入ることにしたので、ケンケンはあたしから離れた。
　ふぅ〜……緊張した。
　いきなり、『好き』だなんて言わないでほしい。
　嫌でも心臓は反応してしまうから。
「あたし、浮き輪取りに行ってくる〜！」
　みんなは先にプールに入り、楽しんでいる。
　そんな中、泳ぐのが苦手なあたしは、空気を入れておいた浮き輪を更衣室に置き忘れていたので取りに行く。
　本当は胸のドキドキを静めるためでもある。
　ほんとに『好き』って言葉は反則だよ。
　ていうか、ここの荷物置き場はプールから遠いから、人も少ないし日陰だし……最高のスペースだな。
「それ……いつまで着てるつもり？」
　やっと、ドキドキが収まってきたと思った矢先、後ろから聞こえてきた声にドクンッと心臓が大きく反応した。
「ふ、ふぅちゃんには関係ないし。あたしはあの２人みたいにスタイルよくないの」
「それでいいよ。ずっと脱がないで」
「わかってる……」
　このパーカーは別に濡れても構わないし……っていうかラッシュガードだから濡れてもそんなに重くならない。
「でも……俺にだけ見せてよ」
「え？」
　彼はそう言ってファスナーをズズーとおろしていく。

驚きで頭が真っ白になって固まっていたあたしは、彼の動きを止めることすら忘れていた。
　ファスナーが完全に下までおろされて、あたしの貧相な水着姿があらわになる。
「ちょ……！」
「なんなの……マジで……。簡単にアイツに触られてんじゃねぇよ」
「な、何を言って……!!」
　人がいなくて見られてないからまだいいものの、はたから見たらあたしたちかなり変なヤツらだよ……!!
　そう思うのに心は正直でドクンドクン、と心拍数が上がっていくのがわかる。
「だから、せめてこの姿だけはひとり占めさせて」
「なっ……!!」
　言ってることはだいぶ変態なことなのに、なんであたしの鼓動は速くなっていくのよ……!!
「水着……似合ってる」
「っ……」
　次々と甘いセリフを並べていくふぅちゃんからはいつものクールさが消えていて、ドキドキが増す。
「早く行かないとみんな心配するから行かなきゃ……！」
　あたしの頭の中は早くこの状況から抜け出さなきゃ、ということを考えていた。
　ほんとに心臓がもたない……。
「ん……わかった」

ふぅちゃんはきちんとあたしのファスナーを上げて満足そうに微笑んだと思ったら、最後はあたしの頭の上にぽん、と優しく手を置いてみんなの元へ行った。
　な、なに今の……。
　そんなことされるなんて思ってもなかったあたしのドキドキは、もう最高潮に達している。
　しばらく、その場から動けなくて、遠くのほうから聞こえてきた「まーこ！」と叫ぶ果歩の声でハッと我に返った。
「あ！　今行くー！」
　取りに来た浮き輪を持って早歩きで果歩たちの元へと向かう。
　ふぅちゃんが触れたところが、まだジンジンと熱を帯びて熱い。
　あー……もう!!
　早くプールに入って、なかなか引かない熱を冷ますことにしよ……！
「も〜、浮き輪取りに行くだけで何分かかってんのよ〜」
　果歩たちのところまで無事にたどりつき、プールに入ってすぐに果歩にそう言われた。
　ふぅちゃんに迫られてました……なんて言えるわけもないし。
　言ったら果歩のことだから、また変なことを言い出しかねないもん。
「迎えに行った有村くんのほうが早く戻ってきたじゃん。もしかして、なんかあった〜？」

うっ……相変わらず果歩は、そういうところだけは鋭いんだから。
　なんでこうも聞かれたくないところ上手く突いてくるかな？
「果歩、ニヤニヤしすぎ」
「あ、これは失礼……って、話そらさないの」
「いや、ほんとに何もないから」
　あたしだって本当は『じつはその有村くんと同居してるの！』って言いたくて言いたくて……もうその言葉が喉元まで来てるぐらいなんだから。
　でも、お互いの学校生活のために秘密にしておかなきゃいけない。
「ふーん……まあ、いいや！　真心には井原くんがいるもんね！」
「だーから！　そんなんじゃないってば!!」
　京香ちゃんに助けを求めようとキョロキョロしていると、金田くんと浮き輪で楽しそうに２人プカプカ浮いている。
　あの２人……付き合うのも時間の問題なんじゃないかな？
「も〜、真心ってほんと素直じゃないよね。……もしかして、まだあの人のこと吹っ切れてないとか？」
「違う。それだけはないから安心して」
「そっか、ならよかった」
　アイツのことなんか、もうなんとも思ってない。

むしろ、大嫌いだ。
　果歩は、あたしが男の人と付き合おうとしないから、まだ引きずってると心配してくれてるんだろうなあ。
「……わ！　ごめんなさい」
　浮き輪でプカプカ浮いていると、ドンッ！と誰かにぶつかってしまった。
　慌てて謝ったけど、その人の顔を見てあたしは固まった。
「え？　水沢？」
　なんで……なんでいるの？
　でも、ここがプールでよかった。
　固まってても水の流れに体を押され、勝手にあの人から離れていくから。
　なのに……。
「ちょっと、待てよ」
　どうして、引き止めるの？
　掴まれた腕を振り払おうとするけれど、男の子の力には敵わない。
「離して……」
「無理。こんなところで会えるなんて思ってなかった」
　果歩は遠くに行ってしまって、あたしがこんな状況になっているだなんて思ってもないだろうな。
「あたしは会いたくなかった……」
「なぁ、なんで俺を避けてんの？」
「別に……」
「俺なんかした？」

彼の口から次々と出てくる言葉たちに、あたしの頭は追いついていかない。
「もうあたしに構わないで」
「俺は、お前のこと本気だった」
　なんで……なんでプールでこんなこと言い合ってるんだろう。
　まわりはガヤガヤしていてあたしたちの会話なんて聞こえていないだろうけど、胸がゾワゾワしてぎゅうと苦しくなる。
「嘘なんかいらない。あんたの嘘はわかりやすいのよ」
　涙が出てきそうになるのをグッと堪えて、彼から目をそらす。
「嘘なんかじゃ……もういい。一緒に来い」
　そう言うと、彼はあたしをプールサイドまで連れていき、そのまま無理やり上がらせて人気の少ないところに連れてきた。
　浮き輪はプールサイド付近に放置されている。
　怖いのに……こんなときに限って声が出ない。
　お願い……誰か気づいて。
「なぁ、俺のこと覚えてるよな？」
「忘れるわけないでしょ!?　この最低男‼」
　あたしの恋心をズタズタに踏みにじった最低な男なんだから。
　果歩がさっき言っていた『あの人』というのは、あたしをここまで連れてきた彼……室井勝也。

中学が一緒であたしが好きだった人……。
　高校もわざわざ県外にしたのも、彼が理由の１つだったりもする。
　もう二度と会わないって思っていたのに……神様は本当に意地悪だ。
「最低なのはどっちだよ。お前のせいで俺、大変だったんだからな」
　彼とはいろいろあって最後に会った日に……全校生徒の前で泣き叫んでサヨナラしたのだ。
　そのあと、彼はきっと最悪な印象を持たれてしまったんだと思う。
　悪かったと思うけど、あたしだって傷ついたんだ。
「はあ？　あんたなんかどうとでもなればいいのよ……！」
　それなのに反省もしてないみたいでムカつく。
「じゃあ、お前の体で払えよ」
　室井くんは中学のときはクールで心が読めなかった。
　でも、彼の本性は女好きで遊んでばかりだった。
　そのせいもあってか、無意識にクールな人を拒絶している……というか苦手意識を持っているんだと思う。
「そんなの無理に決まってるでしょ？」
　あたしの言うことも聞かずに首元に自分の唇を押しつけて、パーカーのファスナーをおろそうとしてくる。
「やめて……っ！　やだ……!!」
　必死の抵抗もむなしくファスナーが勢いよくおろされ、もう終わりだ……と思ったそのときだった。

「その汚い手……離してくんない?」
　その声には聞き覚えがあって、不覚にも胸がドキンと跳ね上がった。
　その声の主は息を切らしていて、はぁはぁ……という荒々しい息が聞こえてくる。
　室井くんも彼の存在に気づき、後ろを振り返る。
「誰だよ、お前」
「……さっさとその手を離せよ」
　彼は一歩一歩、あたしたちに近づいてくる。
　彼の額には汗が滲んでいて、急いで来てくれたのかな? と思った。
「だから誰?　俺の質問に答えれば?」
「じゃあ、その前に俺の言うことも聞けよ」
　彼の表情はひどく怖いもので、室井くんを思いきり鋭い目つきで睨んでいる。
　いつもなら、絶対にこんなに感情を表に出すような人じゃないのに……どうしてなの?
　ダメ……泣いちゃダメだよ……すぐ泣く女は無理だってこの前言ってたじゃん。
「はいはい。離せばいいんだろ」
　室井くんは彼の言葉に従い、掴んでいたあたしの手を離して離れた。
　そのせいで、さっきまで室井くんの体で隠れていたのに、着ていたパーカーのファスナーがおろされている無残な姿があらわになる。

あたしの姿を見た彼は一瞬顔を歪め、いっそう険しい顔つきに変わった。
「で、お前は水沢のなんなの？」
「……ただのクラスメイト」
　そう言い返す彼の声は、いつもよりも一段と低くて思わず背筋がゾクッしてしまうほどだった。
　普段、無愛想で無表情な彼だけど、今日ほど怖いと思ったことはない。
「そのただのクラスメイトがなんの用？」
「そいつに……触んな」
　こんなときに不謹慎だってわかってるけど、あたしの胸はうれしくてドクンッと小さく高鳴った。
　ねえ、どうしてキミはそこまでしてあたしを助けてくれるの？
　いつもは何も興味ないような顔してるくせに。
「は？　彼氏気どり？　キモいわ～」
　それに比べて、この男と来たらマジでカスみたいな男だ。
　こんなヤツのことが本気で好きだったなんて、恥ずかしくなる。
「……なんとでも言えば？　でも……、コイツだけは返してもらうから」
　あたしを自分の背中で隠すように目の前に立った彼。
「ふぅ、ちゃん……っ」
　あたしを助けに来てくれたのは他の誰でもないふぅちゃんだった。

前を見れば視界に入るその大きくて男らしい背中を見ると、なんだか無性に泣きたくなった。
　だけど、唇をグッと噛み、こぼれ落ちそうな涙を必死に我慢する。
「はいはい。コイツのことなんか最初からなんとも思ってねぇから」
　冷たい室井くんの声と言葉がなぜか心に突き刺さり、悲しみやむなしさが一気に胸に込み上げてくる。
　どんなに最低なヤツでも一度は本気で好きだった人だ。
　そんな人から"最初からなんとも思ってない"なんて言われたら結構キツい。
　わかってたはずなのにな……あたしのことなんか眼中になかったことぐらい。
「じゃあな」
　その言葉のあと足早に去っていく足音がして、室井くんはどこかへ行ったのだとわかった。
　室井くんがどこかに行ってから、すぐにふぅちゃんはあたしのほうに振り返った。
　切なげに揺れる彼の瞳と視線がぶつかる。
　こんな……半泣きなところなんか見られたくない。
　絶対、鬱陶しいとか面倒くさいとか思われるに違いない。
「……」
　ただ、視線をあたしに向けているだけで何も言葉を発さないふぅちゃん。
　呆れてるのかな……？

「ご、ごめんね！ また迷惑かけちゃって!!　もー、ふぅちゃんってば突然現れ……って……え？」
　その沈黙が耐えられなくてあたしがいつもどおりのテンションで話しかけていると、急に温かい何かに包まれた。
　なんと、ふぅちゃんに抱き寄せられていたのだ。
　ふぅちゃんは上半身裸だから余計にドキドキしてしまう。
　胸の鼓動がふぅちゃんに伝わってない……？　大丈夫だよね？
　心なしか、ふぅちゃんの心臓の動きも速い気がするんだけど……。
　ていうか……そんなに急に抱きしめるなんてズルいよ。
　本当に涙がこぼれ落ちちゃいそうだよ。
「俺の腕の中でなら、泣いてもいいから」
　ほら……またそうやって優しい言葉であたしの心の傷を癒していくんだ。
　なんでこういうときにそんな優しいのかな？
　そんなこと言われたら……。
「ふぅちゃんの、バカ……っ」
　我慢できなくなるじゃん。
　ふぅちゃんの言葉で堪えていた涙の線がプツンと切れたのか、あたしの両目から大量の涙が溢れ出てきた。
「ほんとに、好きだったの……っ」
　心の底から好きだったんだ。
　あのころのあたしは、室井くんにありえないぐらい夢中

で……今もあんなことを言われて傷ついてる自分がいる。
　あたしがしばらく泣いてる間、ふぅちゃんは一言も言葉を発さなかった。
　何も言わずに、あたしを優しく包み込んでくれた。
　そして、あたしが泣きやむと、おろされたままだったファスナーを元の首元まで上げて、「そろそろ、戻るか」とだけ言って室井くんのことには一切触れてこなかった。
　でも、1つだけ……安堵の笑みを浮かべながらあたしの頭に手を置いて、少し濡れた髪の毛をクシャとしてから歩き出した。
　その行動は、あたしにとっては予想外のことで。
　だけど、妙にあたしを安心させた。
　みんなのところに戻ると、みんなは楽しそうにプールの中で鬼ごっこをしていた。
　いや、高校生で鬼ごっこって……と思ったけど、楽しいことには変わりないからあたしも参加することにした。
　みんなには、目にゴミが入って洗いに行ってたら迷子になったという嘘をついてしまった。
　もう嘘なんかつきたくないのに……。
　そんなことを思いながら、ぼーっと鬼ごっこをしていると、ふぅちゃんの姿が見えてなんとなく声をかけた。
「ふぅちゃん、さっきはどうもありがとう」
　そういえば、まだお礼言ってなかったなぁ……。
「別に。……もっと俺を頼っていいから」
「え？」

彼の口から出た言葉にあたしは自分の耳を疑った。
　俺を頼っていい……？
　それ、本当にふぅちゃんが言ってるの？
「え、あっ、うん。そうするね。あ、あたしのことも頼っていいからね！」
　最近ふぅちゃんに助けられてばかりだから、あたしも何かふぅちゃんの力になれたらいいな、なんて、前までのあたしなら絶対に思わなかったことを今では普通に思う。
「ん。じゃあ、さっそく鬼よろしく……めんどくさいから」
「え!?　ちょ……!!」
　あたしの肩を一度だけ軽く叩くと、そそくさと人の中に消えていった、ふぅちゃん。
　は、ハメられた……？
　くっそー！　絶対やり返してやる!!
　それから、あたしはふぅちゃんのおかげで元気を取り戻して、楽しいひとときを過ごした。

3LDK♡

キミには全部、話します

「ふぅちゃん」

プールから帰ってきた日の夜、ソファでいつものように本を読んでいるふぅちゃんの隣に座る。

「……」

返事はない……か。

でも、いいや……今日はたくさんお世話になったし許そ。

「今日は本当にありがとう。あと、知りたくもないと思うけど……あの人はあたしの中学時代の好きな人で……クールなんだけどあたしにはすごい優しくて、そんなところに惹かれてた」

「……」

ぽつりぽつり、と話し出したあたしに相づちすら打つことなく、ふぅちゃんは無言のまま。

一見、話を聞いていないようにも思えるけど彼はちゃんと聞いてくれている。

なぜなら、さっきからずっと同じページで止まったままだから。

「でもね、彼の本性は今日みたいな感じだった。それがわかったのは中3の11月ぐらいだったかな。彼が友達と話してるの聞いちゃったの……『水沢は体と顔だけだから』って……。ハハ、ほんと笑えるよね……っ」

心の中でフゥー……と深呼吸をして、涙が出てこないよ

うに気持ちを落ちつかせる。
　ふうちゃんはあたしに視線を向けずに、ずっと本に向けたまま。
「それなのに、室井くんは卒業式の日に告白してきた。でも、そんなこと聞いたから断った。どうでもよかったはずなのに……大嫌いなのに……あんなこと言われてなんかショックだった……」
　卒業式が終わってすぐに全校生徒の前で告白されて、でも、遊びだったんだ……と思うと悔しくて苦しくて、だから『あんたみたいな遊び人とは付き合わないから』って体育館全体に響き渡るぐらい叫んだんだ。
　それからすぐ彼の顔も見ずに逃げ出して、高校もわざと県外にしたから会うことなんてないと油断してたんだ。
　なのに……あんな形で再会するなんて。
『コイツのことなんか最初からなんとも思ってねぇから』
　わかってた。
　あの人があたしには興味がないって。
　だけど、好きだったんだ。
　あれから、恋をするのが怖くなった。
　どこかで勝手に自分の気持ちにセーブをかけてるんだ。
　好きになっちゃいけない……だって好きになったらまた傷つくから。
　そう思っているうちに、いつの間にか恋に臆病になっていたのかも。
　だから、どんなに果歩に言われたって前に進めずにいた。

自分で変わるしかない。
　そうわかっているのに、なかなか１歩が踏み出せない。
　あたしはずっと立ち止まったままなのかもしれない……でも、最近少しずつだけど歩き出せてるような、そんな気がするの。
　他の誰でもない、ふぅちゃんのおかげで。
「へえ……」
　やっと、言葉を発したと思えばたった２文字。
　ほんとにクールだなぁ……でも、そんなふぅちゃんに助けてもらったんだよね。
　あのときのふぅちゃんは本当にカッコよくて……お互い、心臓が猛スピードで動いてた。
　ふぅちゃんも、あたしにちょっとぐらいドキドキしてくれた……？
　……あたしってば、なんかふぅちゃんにハマっていってる気がするんだけど早く抜け出さなきゃ。
「聞きたくもない話なんかしてごめん」
「ほんとにそうだ。お前の聞きたくもない昔話のせいで全然読み進められんかった」
　不服そうな顔をしながら、やっとページをめくりはじめた彼。
　そんなこと言いつつも、最後まで話を聞いてくれたキミはやっぱり優しいよ。
「あたしはふぅちゃんが話、聞いてくれたからスッキリしたけどね」

こんなこと絶対人には話せないって思ってたから話したらスッキリしたし、今日たくさん泣いたから余計に気持ちが楽になった。
　そりゃあ、ショックだったこともあったけど、今度会ってもきっと大丈夫。
「俺はお前のせいで最悪だったけどな」
「そ、それは……！　ていうか、嫌なら来なきゃよかったじゃん！」
「ふっ……いつもの調子が戻ったんじゃね？」
　急にふわ、と微笑んだ彼に胸がドクンッと高鳴った。
　ふぅちゃんは普段笑わない人だから余計にカッコよく見えて……とにかくその笑顔は反則なんだってば。
「あ、当たり前だから。こんなことでクヨクヨしてらんない」
　さっきまで気持ちは沈んでて、気持ちを引きずって情けないくらいクヨクヨしてたくせに。
　でも……もう振り返らない。
　あたしも少しずつ"恋"というものに向き合ってみよう。
「ほんと調子のいいヤツ」
　はぁ……とため息混じりに言ってる彼を前に、あたしの気持ちは明るかった。
　だって、ふぅちゃんがあたしに向かって笑ってくれたんだもん。
　最近、彼はよく笑うようになった。
　"有村スルー"は変わらないけど、あたしたちの距離は確実に縮まってきてると思うんだよね。

「ふぅちゃんにだけは言われたくないし。急に笑顔になったと思ったらすぐ無視するんだから」

 ほんと、自分こそコロコロ態度変わるんだから困っちゃう……けど、それがふぅちゃんにハマっていってしまう原因なのかもしれない。

 好き……ってことはないけど、なぜか気になっちゃうんだよね。

 あたし、ふぅちゃんのこと苦手だったのになぁ。

 きっと、最初はあんなに遠かった距離も友達として距離が縮まってきたからうれしいんだよ。

 でも、それ以上の感情はない、と自分に言い聞かせるように何回も心の中で唱えるのに……。

『ずっと、俺にだけドキドキしてろよ』

『アイツのこと、好きなの？』

 なんでこんなにも頭と心の中がふぅちゃんでいっぱいなんだろう……。

 あんなこといきなりしてくるふぅちゃんが悪いんだ。

 男慣れしてないあたしに……いっぱい甘いセリフなんか言うから……。

 ふぅちゃんは、あたしのことどう思ってるの？

 なんて、聞けるわけない。

 はぁ、なんかあたしらしくない。

 だけど、ふぅちゃんには……嫌われたくないってなんか思っちゃうんだよね。

 ほんと、変なの。

あたし、おかしくなっちゃったのかな？
「お前がいちいちうるさいからだろ」
　不機嫌そうに眉間にシワを寄せて、吐き捨てるように言うふぅちゃん。
「はぁ？　あたしは至って普通だけど!?」
　ほら……あたしはふぅちゃんに今はドキドキしてない。
　だから、好きなんかじゃないよ。
　友達として好きってことなんだよ。
　あたしもふぅちゃんも。
「ほらほら、そういうところ。もう話は聞いてやったんだからちょっと黙ってろ」
　なっ……!!
　き、聞いてやっただと!?
　偉そうにしやがって……!!
　でも、ふぅちゃんの言うことは、あながち間違ってないから言い返せない。
　だって、ふぅちゃんは『聞いてやる』なんて一言も言わなくて、あたしが1人で話してたのを聞いてくれていた。
　だから、今日だけは大人しくふぅちゃんの言うとおりにして黙っておこう。
　それにしても、ふぅちゃんの腹筋……結構割れててカッコよかった。
　プールから帰っているときに果歩から聞いた話だと、あたしが急にいなくなったからみんな知って探そうとしたらしいんだけど、ふぅちゃんが『俺が探し出してくるから、

お前らはここでさっきみたいに遊んでろ』って血相を変えて走り出したらしくて……。

そう言ったときのふぅちゃんの顔が尋常じゃないぐらい怖くて、みんな大人しく従っていたんだとか。

その話をしながら果歩が、

『ほら、真心ってみんなに心配とかかけるの嫌いだから、そういうとこ配慮してくれたんじゃない？』

なんて、ニヤニヤしながら言ってたけど……本当のところはどうなんだろうなー……。

でも、その話を聞いてキュン！としたのは、絶対にみんなには秘密。

あとね、こんなにも頭の中が誰かのことでいっぱいになったのはふぅちゃんが初めてだっていうのも秘密にしておくね。

俺、片想いやめようと思う。

《マコマコ〜、明日2人で映画でも行かない?》
　夏休みも終盤、その1通のメッセージからはじまったケンケンとのお出かけの約束。
　これまで何回か誘われたことはあっても、理由をつけて断ってきた。
　だ、だって2人きりだよ……!?
　緊張しちゃうじゃん!?
　でも、今回ばかりは断りきれないし夏休み中だし……。
《わかった》
　とだけ送信して、詳細は向こうが全部決めてくれた。
　そして、今待ち合わせ場所に1人で立っている。
　ちょっと早く来すぎたかな……?
　15分前に来ちゃった。
　そりゃあ、ケンケンもまだ来てないってね。
　ふぅちゃんには何も言わないで来た。
　『どこ行くの?』とも聞かれなかったし……いや、別にそれでいいんだけどね。
　干渉とかされるの好きじゃないし。
　でも、もし聞かれてたら、あたしはなんて答えていたんだろ?
　ケンケンと遊びに行ってくるだなんて言いにくい。
　言おうとすると、喉の奥にその言葉が引っかかって上手

く出てこなくなるんだ。
　なんでなんだろ……？
　ケンケンと出かけること、なんでふぅちゃんには言いづらいのかな？
「マコマコ～！　ごめん！　待ったよね！」
　こちらに手を振りながら、爽やかなスマイルを浮かべて走ってくるケンケン。
　黒のTシャツにデニムのズボンでブランド物らしき帽子を被っている。
　予想どおりのカジュアルな服装だ。
「いや、全然待ってないよ」
　あたしが待っていたのは5分ほど。
　ケンケンは10分前に来たんだから、遅れてはない。
　あたしが早く来すぎただけなんだって……!!
　ふぅちゃんと2人きりであの空間にいたら、もしかしたら『どこ行くの？』って聞かれるんじゃないかと思って急いで出てきたんだ。
「んじゃあ、行こっか」
　さりげなくつながれた手に体がビクンと反応する。
　この前のプールのときのことが少しトラウマになっているのかも……。
　室井くんの手は、怖かったもん……。
　でも、ケンケン……なんでいきなり……？
　あたしたち友達だよね……？
「……手」

「嫌だった？」
「い、嫌じゃないけど……」
　そんなに顔を赤くさせて言われたら、『嫌だ』なんて言えるわけないじゃん。
　それに突然のことに、少しドキドキしてしまっている自分もいる。
　だけど、ふぅちゃんのときとはまた違うドキドキだ。
「ならよかった。ほら、映画はじまっちゃうから行こ」
　笑顔で話すケンケンの頭の上には音符マークが見えそうなくらい、ルンルン気分で歩いていくケンケン。
「マコマコがやっとＯＫしてくれたからうれしくてさ～」
「ご、ごめんね。予定いっぱいでさ」
　ほんとは今日だって断りたかった。
　男の子と２人きりで遊びに行くだなんて初めてでなんか緊張するし、警戒心もあったから。
　だけど、ケンケンは友達だし……と思って来たのに、いきなり手なんてつなぐから少し驚いてしまう。
「ううん。俺こそごめん……１人で焦って」
　あ、焦って……？
　何を焦る必要があるんだろう？
　今あたしの隣で話しているケンケンの表情は、さっきとは一変して妙に真剣で、なんでそんな顔しているのか不思議に思った。
「焦るって何を焦ってるの？　テストがヤバかったから？」
　ケンケンはかなり勉強が苦手だから、赤点ギリギリだっ

たらしい。
　まあ、スポーツが万能だからいいんだろうけどさ。
「え？　違う違う……！　もっと重要なこと！」
　重要なことか。
　まあ、あたしには関係ないことだろうな。
「ところでさ、マコマコっていつの間に有村と仲良くなったの？」
　げっ……！
　ついにそれを聞かれたか……じつはケンケンと2人きりで遊ぶのを拒んでいた理由はこれでもある。
　絶対、話題にふぅちゃんが出てくると思ったから。
　だって、あの2人犬猿の仲みたいだったし。
「……だって同じクラスだし？」
　ぽっと口から出たのは、なんの説得力もない言葉。
　こんなの理由にならないってば……!!
「じゃあ、俺とも仲良くしてくれる？」
　えっ……。
　あたしの隣で照れくさそうに自分の髪の毛をかいているケンケン。
　まさか、彼の口からこんな言葉が出てくるなんて……。
　そういえば、プールに言ったときも『好き』ってめちゃくちゃさりげなく言われたような……。
　あれには深い意味はないとしても、今回のはどういうことなんだろう……？
「あたしとケンケンは、もう仲いいじゃん」

少なくともあたしは仲いいと思ってたんだけど、もしかしてケンケンは思ってなかったのかな？
　ひとりよがりとか恥ずかしい……!!
「……うん、そうだね。俺とマコマコは仲いいよな!」
「うん」
　よかった……。
　ひとりよがりじゃないみたいで。
「マコマコってさ、恋愛映画とか見る？」
　ちょっと遠慮ぎみに聞いてきたケンケンを不思議に思いつつも、コクンと頷いた。
　すると、彼は一気に安堵の表情へと変わっていく。
「よかった。嫌いだったらどうしようかと思った」
　そっか、あたしがこんな見た目だから恋愛映画なんて見ないと思われてたんだ。
　今日のあたしの服装は、白のシースルーのオフショルダーに黒のハイスキニーという大人っぽい服装。
　普段から、あたしは女の子っぽいガーリーな服を着ないからなぁ。
　でも、わりとスカートとかは持っている。
　果歩と遊ぶときにたまに着ていく程度だけど。
　性格もこんなんだから、少しでも女の子っぽくしたくて髪型とかには気をつかっている。
「好きで結構見るよ!」
「え、マジ？」
　やっぱり、意外でしたか。

思いきり、顔に出てるからね。
　　　なんか地味に傷つくなぁ。
「マジだよ」
「じゃあさ！　好きな俳優とかいる？」
　　　いきなり話題がぶっ飛んだけど、これもケンケンのよくあるところだからよしとするか……。
　　　でも、ケンケンの彼女になったら絶対幸せになれるんだろうなぁ。
　　　だって、優しいし、話だっていっぱい振ってくれて飽きないし、大切にしてくれるんだろうなぁ。
「あー、あたしはねー……」
　　　そこから映画館までの道のりはケンケンのおかげで暇を持て余すことなく、楽しく行くことができた。
　　　映画のチケットも先に取っといてくれて、『お金はいらない』とか言い出すから、ポップコーンとかはあたしが2人分を無理やり自分で買った。
　　　ケンケンは優しいし、女の子が憧れるようなこととかはすぐやってくれる人だからモテるんだろうな。

　　　映画が終わり、館内から出るとケンケンは泣いていた。
「え!?　ちょ、ケンケン!?」
　　　どうして泣いてんの!?
　　　確かに隣から鼻をすする音は聞こえてきたけど、まさか泣いてるなんて!!
　　　慌てて彼にハンカチを手渡す。

「ごめんごめん。あの映画の最後のほう、マジ感動的だったよな」
　ケンケンって案外涙もろいんだ。
　確かに主人公とその男の子は好き同士なのに結ばれなくてすれ違う、というような話だった。
　切なかったけど……あたしは基本的に泣かないからな。
　こういうのって、普通は女の子が泣いて男の子が『泣き虫』とか言って慰めたりするんだよね？
　うわ、あたしってば全国の男子の理想からかけ離れすぎててヤバい。
「最後は結ばれてほんとよかったね」
　ラストがわかんなくなるぐらいまですれ違うから、こっちがヒヤヒヤしたよ……!!
　あたしがそう言って微笑むと、ケンケンはなぜか顔を赤くして「そうだな」って微笑み返してくれた。
「さて、次はカフェでも行っちゃう？」
「ケーキとか食べちゃいましょー！」
　ケンケンのカフェの誘いにルンルン気分で乗るあたしは、今かなり楽しんでいる。
　最初は、ちょっと……って思ってたけど、やっぱりケンケンといると楽しい。
　話も結構合うし、ずっとこんなふうに仲のいい友達でいたい……なんてワガママなのかもしれない。
　本当は薄々気づいてる。
　ケンケンはあたしを"友達"として見てないことぐらい。

でも、聞きたくないし聞けない。
　だって、この関係が壊れるのは嫌だから。
「その前にさ……」
「ん？」
　公園の前でいきなり立ち止まった彼のほうを振り返る。
　ヤバい……、このシチュエーションって……。
「俺、片想いやめようと思う」
「え？」
　そっか、ケンケンには好きな人がいたんだ。
　それがもしかすると自分かもしれない……なんて自惚れてるんだよねあたしは。
「もう気づいてると思うけど、俺はマコマコが好きなんだ」
　真剣な眼差しがあたしの瞳をしっかりと捉えると同時に、あたしの鼓動はドクンドクンと嫌なくらい加速していく。
　やっぱり、あたしの勘は当たっていたんだ。
　ねえ、あたしはどうしたらいいの……？
　きっと、ケンケンの彼女になれば幸せになれるってわかってる。
　だけど、なんでこんなときにふぅちゃんの顔が浮かんでくるの？
　さっきまでは完全に忘れて楽しんでたじゃん。
　ふぅちゃんなんか好きじゃない。
　どちらかといえば、ケンケンのほうが好きだと思う。
　なのに、なんで――？

「ごめん。いきなり……返事はまた今度でいいよ」
「え、でも……」
　それじゃあ、曖昧になってしまう。
　中途半端なんて一番嫌いだ。
　だけど、ケンケンの口から出た言葉に、あたしは何も言えなくなった。
「正直、俺がまだ聞きたくないんだ。だから、考えてみてよ」
　そんなことを言われたら、黙るしか選択肢はない。
「これは頭の片隅にでも入れといてくれたらいいから。ほら、早くカフェ行こ」
　手を引かれて、前に進んでいくあたしの体。
　でも、心の中はいろいろなことでいっぱいだった。
　あたしはケンケンの気持ちに応えられるのかな？
　このことを、ふぅちゃんに言える？
　あたしの好きな人は誰なんだろう。
　……いろいろなことを考えていた。
　そんなあたしの様子に気づいてるのか気づいてないのかはわからないけど、そのあともケンケンは普段のように気まずくならないように接してくれた。
「マコマコは、何を頼む？」
　カフェについて席に腰をおろすと、ケンケンはメニューをあたしに手渡してくれた。
　こういうところも紳士的だなぁ、と心の中で感心する。
「いっぱいあるから迷うね」
　チョコレートケーキやチーズケーキにショートケーキ、

そしてパフェ……どれもおいしそうで心を惹かれる。
「そんなマコマコに助言！　ここのお店はショートケーキが有名らしいよ」
「そうなの？」
「うん。そうネットに書いてあった」
　まさか、今日のために調べてきてくれたの？
　ケンケンの優しさやあたしに対する想いが、ひしひしと伝わってくる。
　こんなふうに想ってくれる人がいるって本当にうれしいことだよね。
　きっと、ケンケンの気持ちに応えたら、大切にしてくれてたくさん愛してもらえるんだろう。
　だけど、あたしは本当にそれでいいのかな？
　ケンケンの気持ちに素直に頷くことができないのは、ふぅちゃんのことが頭をよぎるからだ。
　どうしても、ふぅちゃんのことが頭から離れないんだ。
「じゃあ、ショートケーキにする！　本当にケンケンは優しいね」
「オッケー。急にどうした？」
　急にそんなことを言い出したあたしのことを、不思議そうに見つめるケンケン。
「んー、なんかふと思っただけ」
「なんだそれ。でもありがと」
　それから、ケンケンがケーキを頼んでくれて、ショートケーキはケンケンの言うとおり本当においしくて、また来

たいと思った。
「あのさ」
「ん?」
　ケーキを食べ終わり、他愛のない会話をしながら少し休憩していると、ケンケンがあたしの瞳を真っ直ぐ見つめて口を開いた。
「さっき、俺のこと優しいって言ったけど、誰にでも優しいわけじゃないから」
「え?」
「マコマコだから……相手が真心ちゃんだからだよ。真心ちゃんだから優しくしたいって思うんだ」
　急に『真心ちゃん』なんて呼ぶから、心臓がうるさく高鳴っている。
　ケンケンは恥ずかしいのか顔を赤くして、あたしの瞳からふいっと視線をそらして下を向いた。
「ありがとう」
「ごめんな。いつも急に変なこと言って。気持ち悪いよな」
「ううん、すごいうれしいよ」
　あたしの言葉にケンケンは安堵の笑みを浮かべて、それでもまだ恥ずかしいのかぐいっと水を飲み干した。
「んじゃあ、今日はお開きだな。1日マコマコと過ごせて楽しかった！　また、どっか行ったりしような」
「うん！　こちらこそ楽しかったよ！　ありがとね！」
　あたりがオレンジ色に染まってきたころ、あたしたちはカフェから出た。

いろいろあったけど、ちゃんと告白されたことは頭の片隅にきちんと残っている。
　だけど、それ以上に今日は楽しかった。
　ケンケンのこと、真剣に考えてちゃんと答えを出そう。
　いい加減、あたしも自分の気持ちに素直になって、一歩踏み出したい。
　優しいケンケンは家まで送ってくれるって言ってくれたけど、さすがに断った。
　だって、もしふぅちゃんと鉢合わせなんてしてしまったら本気でヤバいし、ただじゃすまないからね……。
　送ってくれると言ってくれただけでうれしかったし、やっぱり優しい人だなって思えたよ。
　ケンケンの背中を少し見つめながら、あたしは反対方向を向き、家へと向かい歩き出した。
　家の近くにある公園付近まで来たときだった。聞き覚えのある２人の声があたしの耳に届いて、あたしは思わず足を止めた。
「水沢に俺が何したっていうわけ？　謝ってほしいのは俺のほうなんだけど」
　あたしはこのまま素通りすることもできず、とっさに木の後ろに隠れて、ただ黙って２人の会話を聞いてた。
　ねぇ、２人はこんなところで何してるの？

お前のためじゃない

　公園にいるのは、あの最低男の室井くんと……ふぅちゃんだった。
　どうやら室井くんは、夏休みはこっちの仲間たちと遊んでいるらしいと噂で聞いた。
「お前みたいなクズ男と違って、アイツは強がりだけど優しいヤツなんだよ」
　いつもは冷めた顔してあたしのことなんか見てないような態度なのに、やっぱりちゃんと見てくれていたんだ。
　そんなふぅちゃんの優しさに胸がジーンと熱くなって、それがドキドキに変わる。
　あんたのほうこそ……ほんとは優しいんじゃん。
「水沢なんて強がってばっかで、女らしいとこなんか1つもねぇしょうもない女だろ」
　しょうもない女……。
　確かにあたしは、全国の男の人が理想にしている女の子からはかけ離れている。
　でも、これがあたしなんだから……どうすることもできないじゃん。
　逆にどうすればいいの？
「お前に……真心をあれこれ言う資格なんかねぇよ」
　ふぅちゃんの少し怒りの混じった声が、静かな公園に響き渡る。

「はぁ？」
「……アイツの傷に比べたら、お前の傷なんてかすり傷にもなんねぇよ」
　あたしは2人が気になってチラッと公園の中を覗くと、ふぅちゃんの頬に朝はなかった傷のようなものが見えた。
　ふぅちゃん……その傷……どうしたの？
「お前さ、マジで腹立つんだけど」
　室井くんはかなりご立腹のようで、腕を組んでさっきから地団駄を踏んでいる。
「いつまでも腹立てとけよ。信じてた人に裏切られる気持ちが、お前みたいなクズ男にわかってたまるかよ」
　信じてた人に裏切られる気持ち……。
　ふぅちゃんにはわかるの？
　だから、あのときあたしに優しくしてくれたの？
　その言葉を聞けば、ふぅちゃんにも昔何かがあったのだということは明確だった。
「てめぇ、さっきから言わせておけば……！」
　その言葉で堪忍袋の緒が切れた室井くんがふぅちゃんに向かって殴りかかろうとしたから、あたしは反射的にその場から立ち上がって「やめて……っ！」と2人に向かって叫んでいた。
　2人ともあたしがここにいたことは気づいてなかったみたいで、2人の視線が突き刺さる。
「……なんでお前」
「水沢……？」

「やめてよ、室井くん」
　あたしは一歩一歩足を進めて2人に近づいていく。
　そして、2人の前に来たときにふぅちゃんの顔を見ると、やっぱり朝にはなかった彼のきれいな顔に似合わない傷があった。
「ふぅちゃん……その傷、何があったの?」
　恐る恐る尋ねると、ふぅちゃんはふいっとあたしから視線を外して「なんでもない」とだけ答えた。
　なんで……なんで言わないの?
「何カッコつけてんの?　俺に殴られたって言えばいいだけだろ」
　ふっ、と鼻で笑いながら言ったのは室井くん。
　ふぅちゃんをバカにしたような瞳で見て嘲笑する。
　室井くんに殴られた……?
「そうなの?」
「……」
　どんなにふぅちゃんに尋ねても、彼は口を開こうとしなかった。
　その代わり、ここに来た経緯を室井くんが話しはじめた。
「コイツが悪いんだ。誰から聞いたのか俺らの溜まり場に来やがって『話がある』とか言うからついてきてやったら、水沢に謝れとか生意気なこと抜かしやがるから1〜2発くらわせたってわけ」
　次々と室井くんの口から出てくる言葉たちに胸がぎゅう、と苦しいくらい締めつけられて、涙が出そうになるの

を必死に堪える。
　ふぅちゃんはなんで、室井くんに会いに行くことをあたしに言わなかったの？
　どうしてそこまでしてくれるの？
「もう俺、疲れたから帰るわ。じゃあな」
　くるり、とあたしたちに背を向けて歩き出そうとする室井くんの腕をふぅちゃんが掴んだ。
「待てよ。まだ謝ってないだろ」
　あたしはというと、何か言いたいのにそれが言葉にできなくて黙ってその様子を見ていた。
「ったく……お前はしつこいんだよ。水沢、悪かったな。じゃあ、これでマジでサヨナラだから」
　しぶしぶ謝る室井くんにふぅちゃんはまだ不服そうな表情をしていたけど、室井くんを掴んでいた手を離した。
　そして、室井くんは公園から出ていった。
「……ふぅちゃん」
　2人きりになり彼のきれいな顔を見上げると、そこには赤くなっている痛々しい傷があって胸がズキズキと痛む。
　そっと、彼の頬に触れると表情を一瞬歪めたけどすぐに元の無表情の彼に戻った。
「ごめんなさい……きれいな顔を傷つけちゃって……」
　あたしのせいで、作らなくてもいい傷を作らせちゃって。
「別に……お前のためじゃない」
　触れているあたしの腕を下におろして、スタスタと去っていくふぅちゃん。

だけど、すぐには追いかけられなかった。
　だって彼の背中が『追いかけてくるな』と言っているかのように思えたから。
　いつもとは違う雰囲気に戸惑ってしまう。
　いや、ふぅちゃんは最初からあんな感じだった。
　最近が変だっただけ。それに、あたしが勝手に距離が縮んだなんて思い込んでただけなんだ。
　全部、あたしの思い込み。
　彼が公園から出ていくのを、ぼーっとした頭で見ていた。
　それから、あたしはすぐに部屋に戻る気になんてなれずに、1人でブランコに乗って時がすぎるのを待った。
　極力、何も考えないようにした。
　だって、考えてしまえばきっとあたしは泣いてしまう。
　なんで、ふぅちゃんのことを考えると、こんなにも胸が苦しくなって切なく疼くんだろう。
　ふぅちゃんのこと、もっと知りたいよ。
　もっと、特別になりたいって思う気持ちを、あたしはまだ知らないフリをしている。
　本当は気づいているのに、気づいていないフリをしていたんだ。
　傷つくだけだって、人を好きになることから逃げていた。
　だけど、今日ケンケンに告白されて、人を想う気持ちの大切さを知って、ようやく素直になろうと思えたけど、まだわからない。
　あたしは、本当に恋をしているのか。

まだ確信できていないんだ。
　だから、まだあと少し考える時間がほしい。
　あと少しで、踏み出せる気がするから。
　そんなことを考えながらも、暗くなってきたから帰ろうかと思ってブランコから立ち上がると、公園に見覚えのあるシルエットが見えた。
「金田くん？」
「やっぱ、水沢ちゃんじゃん」
　そこにいたのは……どこかからの帰りらしい金田くんだった。
　なんか、タイミングがいいのやら悪いのやら……。
「こんなとこで何してんの？」
「まあ、ちょっとね」
　金田くんは、ふぅちゃんと中学も一緒なんだっけ？
　だったら、ふぅちゃんの過去とか知ってたりするのかな？
「もしかして、楓希のこと？」
「え!?」
　いきなり図星を突かれて、ひどく動揺してしまった。
　こんなんじゃ、『はい、そうです』って言っちゃってるようなもんじゃん。
「水沢ちゃんって結構わかりやすいんだね」
　クスクスと金田くんは笑っているけど、正直あたしは笑えるような気分でもない。
　あたしの隣のブランコに座る金田くん。

「楓希だって普通の男の子だったときあったんだぜ？」
「今はあんなんだけど」なんて続けながら遠くを見つめて話す金田くん。
「それって……ふぅちゃんには"女嫌い"になってしまった理由があるってこと？」
「そう。中学んときは、女とも仲良くて女にも笑うヤツだった」
　変な胸騒ぎがして落ちつかない。
　今から、すごいことを聞かされそうな……そんな感じ。
「でも、ある人と出会ってからアイツは変わった」
「その人に楓希は本気で惚れてたんだ。でも、楓希はその人にある理由でフラれた」
　ゆっくりと話す金田くんの表情は切なげで、そのときのふぅちゃんの心情が伝わってくる気がして胸がぎゅっと苦しめられた。
「それからだよ。アイツの女を見る目が変わったのは。まあ、他にもクラスで仲良くて信頼してた女にありもしない噂を流されたり、しつこくつきまとわれたりしてたっていうのもあるし、アイツの姉ちゃんも、男の子をとっかえひっかえしてるっていうのもあるけど」
　金田くんは重要なところは全部隠していたけど、ふぅちゃんは本当にショックを受けたんだろうな。
『信じてた人に裏切られる気持ちが、お前みたいなクズ男にわかってたまるか』
　そう言ったのは、彼が本当に傷つけられたから。

あたしも傷つけられたから少しはわかる。
　信じてた人に裏切られるってほんとに辛い。
　だけど、きっとあたしが想像してるよりもはるかに彼の傷は深いと思う。
「まあ、好きになった人が悪かったっつーか、その人は何も悪くないんだけど、楓希のヤツすげー好きだったから今でもちょっとは引きずってんのかもな」
「そうなんだ……」
　やっぱり、ふぅちゃんはまだその人のことが忘れられていないんだと思うと胸がチクリと痛んだ。
「でも、最近アイツよく笑うようになったし、雰囲気も柔らかくなったんだよね」
　あたしのほうを見て、ニヤリと笑みを浮かべる。
「……えぇ!?」
　確かに出会ったときとは全然違う。
　話すようにもなったし笑うようにもなった。
　少しでもあたしとの共同生活が楽しいと思ってくれてたらいいな……なーんてね。
「俺は新しく好きな女ができたからだと思うんだよね」
「へ、へぇ」
　『好きな人』という単語で心臓が跳ね上がったのを、絶対に金田くんにバレてはいけない。
　好きな人……か。
　そりゃあ、ふぅちゃんにも好きな人ぐらいできるよね。
「まあ、誰かは俺も知らないけど？」

「そ、そうなんだ」
　って、あたし動揺しすぎだから……!!
「水沢ちゃん、動揺しすぎっしょ」
　そんなあたしを見て、またクスクスと笑う金田くん。
「別にあたしは普通だよ？　ふぅちゃんが誰が好きでもあたしには関係ないもん」
　そうそう、あたしとふぅちゃんは友達。
　だから、あたしには関係ない……はずなのに、なんでこんなにモヤモヤするのよ。
　あたしだけに笑っていてほしいと思ってしまう。
　他の女の子のことなんて考えないでほしい。
　こんなの、まるであたしがふぅちゃんのことを好きみたいじゃん。
「あと、楓希のこと『ふぅちゃん』なんて呼ぶの水沢ちゃんだけだよ。楓希は基本女に名前とかで呼ばせねぇからな」
　何よ……その特別感みたいなの。
　自分から"ふぅちゃん"って呼べって言ってきたんだよ？
　ふぅちゃんが何を考えてんのかわかんない。
「そうなんだ」
「まあ、水沢ちゃんファイトだよ」
　金田くんはそう言うと、ブランコから立ち上がって公園の出入り口のほうへと歩いていった。
　ブランコだけがまだ少し揺れている。
　金田くんの『ファイト』の意味がよくわからなかったけど……まあ、いっか。

金田くんが帰ってからも、しばらくブランコに座っていたあたし。
　あたりはもう真っ暗で、公園の近くの街頭がぽつぽつとつきはじめた。
「おい……もういい加減帰ってこいよ」
　地面を見つめていたら、急に声が聞こえてきてハッとして顔を上げると、そこには少し息を切らしたふぅちゃんが立っていた。
「なんで……」
「お前が帰ってこないから心配した」
　心配……？
　ふぅちゃんの口からそんな言葉が出てくるなんて思っていなくて驚きで固まっていると、また頭上から声が降ってきた。
「なに固まってんの？　ほら、早く帰るぞ」
　腕を掴まれブランコから立ち上がらされると、そのまま引っ張られていく。
「ねぇ、なんで迎えになんて来るの」
　さっきはあんなに怒ってたくせに。
「だから、お前が心配だったって言ってんだろ。変なヤツに襲われでもしたらどうするわけ？」
　あたしのほうなんて見ずに、ただ真っ直ぐ前だけ見て話すふぅちゃん。
「襲われなんてしないよ」
「そんなのわかんねぇよ。何かあってからじゃ遅いんだよ。

てか、そうなったら俺が耐えらんない」
　何それ……どういうこと？
　もう、頭がいっぱいいっぱいでわかんない。
「ふぅちゃん、意味わかんないよ」
「一生わかんなくていい。だけど、誰のものにもなるな」
　誰のものにもなるなって、また意味わかんないし。
　ふぅちゃんの頭の中って、いったいどうなってんの？
「あたしたちただのルームメイトでしょ？」
「……お前はそうだな。でも、俺はそう思ってない」
　俺はそう思ってない……それって、あたしのことはなんだと思ってるのかな？
　それなら、ちゃんと言ってよ。
　いつもいつも中途半端なところで話すのをやめるなんてひどいよ。
「じゃあ、どう思ってるの？」
　……聞いてしまった。
　なぜか、どこかで期待してる自分がいるのが不思議でたまらない。
「……」
　でたでた、都合のいいときだけ"有村スルー"を発動するんだ。
「ちゃんと言ってよ！」
「ほら、ついたぞ」
　タイミング悪くマンションの前についてしまい、ふぅちゃんの話は途中で途切れた。

それぞれ、部屋には時間を置いて入る。
　いつもならふぅちゃんがそそくさと先に入るのに、今日は『お前から行け』と言われた。
　意外と気づってくれてるのかな？
　ふぅちゃんはさりげなくて優しいもんね。
「ただいま～」
　部屋には誰もいないから当たり前だけど返事はない。
　もし、ふぅちゃんがいても『おかえり』なんて言ってもらえたことがない。
　靴を脱いで、ソファにそっと腰をおろす。
　そして、数分後に玄関の扉がガチャと開いてふぅちゃんがリビングに入ってきた。
「おかえり」
「ん。ただいま」
　なんとなく、気まずい空気が部屋に流れる。
　ふぅちゃんがソファに腰をおろすと、ギシッとスプリングが軋む音が静かな部屋に響いた。
　チクタクチクタク……と、部屋の壁かけ時計が時を刻む音だけがやけに大きく耳に届く。
「……勝手なことして悪かった。でも、お前が泣くほど傷つけられたと思ったら耐えられなかった」
　気まずい沈黙を破ったのは、ふぅちゃんのほうだった。
　ふぅちゃんはあたしと目が合わないように、伏し目がちに自分の手をジッと見つめて言った。
　そんなふぅちゃんの言葉にドキンッと胸が高鳴って、鼓

動が速くなっていく。
　それと同時に胸がジーンと熱くなって心の奥からいろいろな思いが込み上げてきて、それが涙に変わり、さらに瞳に涙のフィルターがかかり、ふぅちゃんがぼやけてくる。
　ダメだって……泣いちゃダメ。
　ふぅちゃんは泣く女が嫌いなんだよ？
　ふぅちゃんに、これ以上迷惑かけるわけにはいかない。
「あたしのほうこそ……ごめん」
　今にもこぼれ落ちそうな涙を堪え、少しだけ顔を上げた。
　あたしの声は震えていて半泣き状態というのは、ふぅちゃんにはバレていると思う。
　だからなのか、さっきまで俯いていたくせに急に頭を持ち上げてあたしのほうを見た。
　必然的に絡み合う視線。
「泣きたいなら、泣けば？」
　彼は少しも笑みを見せず、無表情で言い放った。
　怒ってる……？
　やっぱり、面倒くさいヤツって思った？
　あたしは本当に何がしたいんだろう。
　ふぅちゃんにすごい迷惑かけて、きれいな顔にまで痛々しい傷を作らせてしまって……。
　こんなことしたいわけじゃないのに。
　ふぅちゃんにはもう迷惑かけたくないのに。
　面倒くさい女なんて思われたくないのに……。
　泣くまいとグッと唇を噛みしめて、フルフルと左右に首

を振った。
　こんなところで泣いてしまうなんて、あたしらしくない。
　あたしは慰める側なんだから、涙なんて必要ない。
「……ほんとバカなんじゃない？」
　彼の低い声が聞こえたと思った瞬間、ぐいっと腕を引っ張られて体が彼のほうへと引き寄せられた。
「えっ……」
　あたしは今、彼の腕の中にいる。
　これは……どういうこと？
　状況がのみ込めてないのに心臓だけはさっきから反応して、ドクンドクンッと大きく音を立てている。
　ふぅちゃんに聞こえないかな……？
「俺のことで泣くなら別に嫌いじゃない」
　あたしの耳に届いた彼の声は……柔らかく甘くて体が痺れてしまいそうだった。
　さっきまでは冷たかったくせに、どうして急にそんなことを言うの？
「ほら、もっと俺のことを思って泣けば？」
「……っうぅ……ふぅちゃんの意地悪……ぐすっ……」
「でも、他のヤツのことなんかで泣くのはダメだからな」
　優しくて不思議なくらいあたしを安心させるその声に、涙が止まらなかった。
「お前はしょうもない女なんかじゃねぇから」
　あたしを抱きしめたまま、ふぅちゃんはぽつり、と言葉をこぼした。

「お前は俺の中では一番魅力的な女だから……お前は無理に変わろうとしなくていい。お前は名前どおり、真っ直ぐな心で相手に向かっていけばいい」

　ふぅちゃん……。

　さっき、室井くんが言っていた言葉を何気に気にしていたの……わかってくれてたんだ。

　そして、彼はあたしから少し離れて視線を合わせてきた。

　そのきれいな瞳とばっちり目が合うと、とろけてしまいそうなほど柔らかく微笑み、

「それが真心のよさなんだから」

　と言った。

　その言葉はまるであたしを魔法にかけたかのように驚くほど心の中にスッと入ってきて、自然と頬が緩む。

「ありがと……ふぅちゃん。なんか元気出た」

「どういたしまして」

「でも、どうしてここまでしてくれたの？」

　気になって気になって仕方なかった。

　ふぅちゃんが自分の顔に傷をつけてまであたしなんかのために……。

「だから、別にお前のためじゃないって」

　急にバツが悪そうな顔をすると、視線をそらし、自分の髪の毛をワシャワシャとかく。

「ふぅちゃんの嘘つき」

　さっき、あたしが泣くほど傷つけられたと思うと耐えられなかった、って言ってたじゃん。

「……」
　うわ、今度は得意技の"有村スルー"だ。
　でも、今回ばかりはあたしも引き下がらないんだからね。
　ふぅちゃんの肩を掴んで、ぐらんぐらんと揺らす。
「ねぇ、なんでか教えてよ」
「はぁ……ほんとうるさい」
　ギッと鋭く睨まれると怯んでしまいそうになるけど、ここで折れるわけにはいかない。
「あーもう……こんなこと言うつもりなかったけど……」
　深いため息をつきながら言って、再びあたしの瞳と視線を合わせた。
　嫌なぐらい真剣なその瞳に、思わずドキンッと大きく胸が高鳴る。
　そして、何を言われるんだろう……と少し身構える。
「俺にとっては、お前に関わってくる世界中の男はみんな敵だから」
　ぷしゅーと炭酸ジュースの炭酸が抜けるように、身構えていた体の力を抜いた。
　それと同時に顔がぼわぁぁっと赤くなり、みるみるうちに熱を持っていくのがわかる。
　こ、こんな不意打ちで、甘いセリフを言うとかアリなんですか……!?
　ただでさえ顔が赤いのに、それに加えて心臓が脈打つスピードも勢いを増していく。
「な、何を言って……」

「……お前が言わせたんだろ」
　彼も照れているのか、ほんのりと顔が赤いように見える。
　ふぅちゃん、いきなりどうしちゃったんだろう？
　前からずっとおかしいな、とは思ってたけど。
「それなのにどっかのバカは井原と出かけてるし。ほんとバカだな」
　ひ、ひぃ……!!
　な、なんでバレてるの!?
「クズ男の溜まり場って『野いちごカフェ』のすぐそばだった。知らなかっただろ」
　ふぅちゃんはハハハと笑っているけど、頬がピクピクしてて無理やり笑ってるようにしか見えないんだけど。
　しかも、『野いちごカフェ』って、あたしとケンケンが一緒に行ったところだし……。
　もしかして……見られてた？
「そ、そうなんだね」
「そうなんだね、じゃないんだけど」
「え？」
　急に目つきが変わって、眉間にシワを寄せて不服そうな表情を浮かべている。
「……井原と2人で何してた？」
「な、何って……」
　うわぁー!!
　やっぱり、見られてた……!!
「2人で出かけるとか聞いてない」

「いや、話してないもん」
　ジリジリとふぅちゃんがあたしに迫ってくるから、そのたびにあたしは徐々にソファの端へと移動していく。
「……なんで？」
　ふぅちゃんの瞳は切なげに揺れていて、なぜか胸がぎゅうっと締めつけられて苦しい。
「ふぅちゃんには言えなかった。なんでかはわかんない」
　言いたくても、言えなかった。
　言ってしまえば最後、きっともう今までみたいに話してくれないと思ったから。
「んだよ、それ」
　明らかにもっと機嫌が悪くなった様子のふぅちゃん。
「し、知らないよ！　言えなかったんだもん！」
　あたしだって、言えたなら言いたかったし！
　でも、言葉が出なかったんだからしょうがないでしょ？
「こんなに俺をかき乱して何がしたいの？」
「え？」
　かき乱して……ってどういうこと？
「井原となんか出かけないで……今度は俺ともどっか行こ」
「いいの？」
　ふぅちゃん、人の多いところとか嫌いそうだし。
「……お前とならどこでも行く」
　な、何それ……!!
　また、あたしの胸がキュン！としてときめいちゃうじゃんか。

「顔、赤い」
「う、うるさい！　そんなことないし!!」
　慌てまくるあたしを見て、急にクスクスと笑い出すふぅちゃん。
　やっぱり、ふぅちゃんは笑ってるほうがいいな……って改めて思った。
「あー、なんかこの部屋暑くない？」
　顔が赤いのをなんとかごまかそうとパタパタと手で扇ぎながら、そんなことを言う。
　この部屋が暑いわけないのに。
　だって、ちゃんとクーラーも入ってるし、むしろ快適な部屋に近い。
「んじゃあ、俺が冷ましてやる」
　そんな声が聞こえたと思ったら、ふぅちゃんのきれいな手があたしの両頬に触れた。
　ひんやりと冷たいのに、ふぅちゃんのせいでますます顔が熱くなっていく。
「ちょ、ふぅちゃん……！」
　ほんとに今日のふぅちゃんはおかしい。
「何？」
　焦る様子もなく、平然とした顔で答える。
　こんなにドキドキしてるのは、あたしだけなんだ。
　ふぅちゃんは、あたしをからかって反応を見て楽しんでいるだけだ。
「ふぅちゃんのバカ」

なんか、自分だけドキドキしてるのが悔しくて、つい"バカ"だなんて言ってしまった。
「バカはお前だろ。俺が今どんなに焦ってるか知らねぇくせに、のん気に井原とデートなんか行きやがって。ほんとバカな女」
「だから、焦ってるって何が？」
　ソファの端に追い詰められたあたしの行き場は……もうない。
　視界に入るのは、ふぅちゃんのきれいな顔の、どアップ。
「お前が井原と付き合うかもしれねぇって焦ってんだよ」
「え……？」
　ふぅちゃんが焦ってる理由って、あたしがケンケンと付き合うかもしれないってこと？
「わかる？　俺はこんなにお前のこと考えてんのに、お前は井原のことなんか考えててムカつくんだよ」
「井原のためにオシャレして化粧までして……」
　え、ちょっと……ふぅちゃん!?
　なんかヤキモチみたいに聞こえるのはあたしだけ!?
「もっと俺のこと考えて。他の男のことなんか考える余裕もないくらいに」
「……っ」
　そんな色っぽい目つきで言われたら、余計に心臓がうるさくなっていく。
　もう……いい意味で寿命縮んでしまいそう。
「そ、それは……どういう？」

でもふぅちゃんは、いつも肝心なところは何も言わない。
　だから、気持ちもはっきりとはわからない。
　そこがズルいと思うんだ。
「わかんなくていいから、俺だけを見てて」
　強い口調でそう言われると、反射的にコクンと頷き返してしまった。
「ん。いい子」
　あたしの頭の上に大きな手をぽんっ、と置いて優しく目を細めるふぅちゃん。
　その笑顔は極上に甘くて、見ているだけでとろけそうで、それを間近で見ているあたしのドキドキは最高潮だった。
　結局、肝心なところも聞けず、ケンケンに告白されたなんてことは言えるはずもなく夏休みは終了した。

4 LDK♡

俺も男なんだけど

　夏休みが終わり、2学期がはじまってすぐのこと。
　いつもなら、あたしよりも先に起きてソファで座っているふぅちゃんが今日はいない。
　あれ……？
　ふぅちゃん、まだ寝てるのかな？
　遅刻したらダメだから起こしに行ってあげよっと。
　──コンコンッ！
　一応、人の部屋だしノックはしなきゃね。
　でも、ノックしても中から返事はない。
　やっぱり寝てるのかな？
「ふぅちゃん、入るよ？」
　ガチャ、とドアを開けるとふぅちゃんがベッドで横になってまだ眠っていた。
　珍しい……。
「んんっ……」
　ひょい、とふぅちゃんの顔を覗いてみると彼の額には大量の汗が流れ出ていて苦しそうにしている。
「ふぅちゃん!?」
　あたしは、ふぅちゃんの体を揺すって起こす。
「……ダル」
　苦しそうに顔を歪めながら一言だけ言葉を発した彼。
　そんな彼が見ていられなくなったあたしは、慌ててキッ

チンへ行き、冷蔵庫からキンキンに冷えた氷枕と冷却シートを取り出し、棚にしまってあった体温計を持って彼の部屋へと戻った。
「ふぅちゃん、熱測ろ？」
　ふぅちゃんの前に体温計を差し出すと、大人しく受け取り脇に挟んだ。
　よっぽどしんどいのか、今日は反抗する元気もないみたい。
「……お前は学校に行ってこい」
「……え？」
　体温を測っている最中にぼそりと言った。
「俺は大丈夫だから、お前は行け」
　なんでそんなこと言うわけ？
　あたしは邪魔者なの？
「あのね、あたしは病人を置いて学校に行くほど最低な人間じゃないわよ」
　今にも倒れてしまいそうなほどしんどそうなのに、無理なんかしてんじゃないわよ、バーカ。
「別にしんどくなんか……」
「ピピッ！　ピピッ！」
「それはどうでしょうね」
　タイミングよく体温計が鳴って、あたしはふぅちゃんの脇に挟まっている体温計を抜き取り、表示されている体温を見る。
「38.5度だから大人しく寝てること！　看病はあたしがす

るから」
「だから、しんどくねぇって……」
　無理して起き上がりベッドから立ち上がろうとするふぅちゃんの肩を、あたしは押さえて阻止する。
「はいはい。強がりなんかいりません」
　またベッドに横にならせて、胸まで布団をかけてると部屋を出た。
　先生に連絡しなくちゃ。
　あ……でも待てよ。
　どう電話すればいいんだろう？
　時間差で電話をするしかないかな。
　とりあえず、上手くごまかしながら電話しよう。そして、なんとかバレることなく、自分とふぅちゃんの休みの連絡を入れた。
　さあ、冷却シート貼りに行かなきゃな～。
　この前、迷惑かけたお礼に、今日ぐらいは看病してあげるとするか。
　ふぅちゃんが寝ているかもしれないから、今度はノックせずに部屋にのそりのそりと静かに入る。
　案の定、ベッドのほうを見るとふぅちゃんは汗をかきつつも眠っていた。
　あたしはその汗をタオルで拭いてから、起こさないようにおでこにかかっている前髪を上げる。
　そして、冷却シートを貼った瞬間……。
　ガシッ、と寝ているはずのふぅちゃんに腕を掴まれた。

「ふ、ふぅちゃん……どうしたの?」
　さっきまで閉じていた瞼がいつの間にか開いていて、熱があるからか、とろーんとしたいつもとはまるで違う柔らかい瞳とぶつかる。
「あのさ、俺も男なんだけど……わかってる?」
「え?　そんなのわかってるよ」
　見た目からして、どこをどう見ても男の子にしか見えないでしょ。
　あたしはそこまでバカじゃないし。
「なら……もう出ていけ」
　きっと睨んでいるつもりなんだろうけど、とろーんとした瞳でそんな睨まれても怖くないし、むしろかわいい。
「やだなぁ、ふぅちゃんってば。なんか食べられるものとかある?　リンゴでも切ろうか?」
　掴まれた腕を離そうとしても、ぐぐっと、もっと強く掴まれて離せない。
　反抗したいけど、相手は病人だから我慢我慢……。
「ふぅちゃん、この手そろそろ離して?」
　にっこり、と笑みを向けながら言う。
「……やっぱ、わかってねぇな」
　そんな声が聞こえたと思ったら、掴まれていた腕をぐいと引っ張られて、あたしは抵抗する間もなく、ふぅちゃんのベッドに倒れ込んだ……。
　と、いうよりふぅちゃんに抱きしめられる形になってしまった。

な、なにこの展開は……？
「ふ、ふぅちゃん……？」
「さっきのこと、絶対わかってねぇだろ」
　耳元でそう言う彼の声は風邪のせいで、いつもよりも低く掠れている。
　それが、新鮮で耳に吐息がかかるたびに、余計に耳がジンジンと熱くなっていく。
「わ、わかってるってば……！」
「なら……触んないでよ。理性のストップ効かなくなるだろうが……」
　「ただでさえ、ヤバイのに」と言いながら、あたしの肩に顔を埋める。
　脈打つ鼓動がドクン、ドクンと音を立てながら、スピードを増していくのがわかる。
　きっと、今あたしの顔は異常なまでに真っ赤だと思う。
　静まれ……あたしの心臓。
　こんなんじゃあ、ふぅちゃんに聞こえちゃうから……。
「じ、じゃあ……出ていくから離れて？」
　ここから早く退散しないと、あたしの心臓がもたない。
　もう、心臓が破裂寸前。
　こんな甘いふぅちゃん、ずるい。
「もう手遅れ。離さないし」
「え？」
　ぎゅっ、とあたしを抱きしめる力を強める彼。
「ふぅちゃん、熱のせいでおかしいよ」

熱がしんどすぎて人格変わっちゃったのかな？
　顔を少し上げれば、キスしてしまいそうなほど近くに彼のきれいな顔がある。
　その瞳はさっきまではとろーんと甘い瞳をしていたのに、今は色っぽい瞳をしていた。
「熱のせいじゃない。真心のせいだから」
「意味わかんない」
「真心のことが頭から離れない。どうしてだろうな」
　見つめ合ったままそんなことを言うから、ますますあたしの鼓動は加速していく。
「そ、そんなの知らないし」
「なぁ……風邪うつしてやろうか？　口移しで」
　吸い込まれてしまいそうなほど色っぽいその瞳に、あたしの心臓は素直に大きく反応した。
　ヤバい……そんな言動反則でしょ。
　しかも口移しだなんて、そんな言葉ふぅちゃんの口から出てくるとは思ってなかったよ。
「け、結構です……！」
　密着している体からふぅちゃんの体温が伝わってきて、余計にあたしのすべてを刺激する。
「顔、赤すぎだろ……もしかしてほんとに熱うつった？」
　心配そうに、あたしの頭を優しく撫でる。
　その行動に、あたしの思考回路はショート寸前。
　ぷしゅー、と頭から湯気が出てきそうなぐらいだ。
「だ、大丈夫だから！　てか、ふぅちゃんほんとに大丈夫!?

ますます、おかしくなってきてる気がするんだけど」
　いつものふぅちゃんからはありえない言動の数々。
　お酒とか飲んで酔っ払ったらヤバくなるタイプだろうなぁ……。
「うん、俺も思う。でも、ずっと真心とこうしてたい」
「やめてっ……!!　ふ、ふぅちゃんのせいであたしの寿命が縮む……！」
　本当に今日のふぅちゃんはどうかしている。
　そのせいで、あたしの心臓はさっきからものすごいスピードで動き続けてる。
「それって……どういうこと？」
「だから、さっきからふぅちゃんが、あたしの心臓を刺激する言動ばっかりするから！」
　あ……口が滑った。
　案の定、ふぅちゃんは目を丸くして驚いていた。
　つい、言わなくてもいいことを言ってしまった。
　……めちゃくちゃ恥ずかしいんだけど。
　恥ずかしくなって彼から目をそらし少しだけ俯く。
「不意打ちとか反則なんだけど……。もっともっと俺のことだけ考えてればいいよ」
「……へ？」
「俺、こう見えて独占欲強いから」
　ど、独占欲……？
　なんで、ふぅちゃんがあたしを独占したくなるの？
　やっぱり、ふぅちゃんが何を考えているのかまったくわ

からない。
「あのさ、ふぅちゃん……」
「ん?」
「ふぅちゃんは……あたしのこと好き?」
　反応を見るのが怖くて俯いた。
　でも、一向に返事はない。
　すると、すぐ前からスースーと気持ちよさそうに眠る寝息が聞こえてきて、なんて言われるか身構えていたからホッと胸を撫でおろした。
　あたしはなんてことを聞いてしまってんだ……!
　こんなこと聞いてどうするのよ……!?
　別に、ふぅちゃんのことは好きじゃないし。
　かといって、ケンケンのことも好きじゃない。
　あぁー……!!
　贅沢な悩みだけど……どうしたらいいのよーっ!
　気づいたときには口から勝手に言葉がこぼれ落ちていたんだ。
　ほぼ無意識的に。
　なんであんなこと言ったんだろう……って今でも不思議なくらい。
　幸い、ふぅちゃんがタイミングよく寝てくれたからよかったけど。
　しばらく、ふぅちゃんの腕の中から抜け出せなかったけど、彼が寝返りを打とうした隙を見て抜け出した。
　そのまま部屋を出ようとドアノブに手をかけた瞬間、

「……智織……い」
　ふぅちゃんが寝言で誰かの名前を呼んだ。
　語尾までよく聞こえなかったけど。
　でも彼の顔はとても辛そうで、その人とどんな関係だっかだなんてすぐにわかった。
　きっと、彼が本気で好きだった人の名前だろう。
　そう思ったら、胸に針で刺されたようなチクリとした痛みを感じた。
　さっきまで、あたしにあんな甘いこと言って、『俺のことだけ考えてればいいよ』だなんて言ってたくせに、自分は知らない人のことで頭の中いっぱいなんじゃん。
　ムカつく……。
　チクチク痛む胸と、ふつふつと心に湧いてくる黒い感情の意味はわからないまま、あたしは彼の部屋から出た。

誰にも渡さない

【楓希side】
「ふぅちゃん、寝てたらごめんね。冷却シートがなくなったから薬局行ってくる〜」

扉の向こうから聞こえてきた、アイツの少し高くてかわいい声。

俺は喉が究極に痛いので返事はしない。

はぁ……マジで俺は何してんだろ……。

頭の上に置いてあったスマホを手に取り、画面に表示された時間を見るともう17時だった。

今日1日ずっと寝ていたから背中が痛い。

けど、朝ほどはしんどくない。それも全部、懸命に看病してくれた真心のおかげだろうな。

『ふぅちゃんは……あたしのこと好き？』

なぜか安心して眠くなり、自然と瞼が閉じた瞬間に聞こえてきた真心の声。

でも、空耳かと思ってそのまま寝てしまった。

仮にあのとき起きていても、俺は何も答えなかったと思う……というより答えられなかった。

もう人を好きにはならないと決めていたから。

女なんか、いつだって簡単に人を裏切る。

それは男だけに収まらず、ときには女同士で醜い裏切り行為をしている。

しかも女は嘘もつきまくる最低な生き物。
そんな生き物、もう二度と好きになることなんてない。
なのに……俺はアイツに何してんの?
最近の俺は自分でも思うほど頭がおかしい。
井原と仲良さそうにしてるのが無性にイライラして許せなくて、自分も"ふぅちゃん"だなんて似合わねぇあだ名で呼ばせたり、泣く女は嫌いなのにアイツが泣いてるとほっとけなくて慰めてやりたくなったり、急に抱きしめたり……自分で感情をコントロールできなくて、無意識に体と口が動いて心と頭がついていかない。
今日だってそうだ。
抱きしめるつもりなんてサラサラなかったのに、気づけば、引き寄せて腕の中に閉じ込めてた。
ありえない、そんなの絶対ありえないのに。
そんなこと思いながら天井の壁をジーッと見つめていると、部屋のドアが開いた。
俺はドアのほうなんて見ずに、ただ口だけ動かした。
「買ってきてくれてさんきゅ。でも、さっさと出ていけ」
こうでも言わなきゃ、俺はそのうち取り返しのつかないことをしてしまいそうだ。
「は? お前、なに言ってんの? 熱で頭が狂った?」
でも、俺の耳に届いた声は真心の声じゃなくて将司の声だった。
「あぁ。そうかもな」
熱のせいで、今日真心にあんなことしてしまったんだ。

そう、すべては熱のせい。
　それ以前にあったことは……何かの間違いってことにしよう。
「あれ？　水沢ちゃんは？」
「買い物行ってる」
　将司には全部話してある。
　というより、話す気はなかったけど、何かあった時のためにお互いの部屋の合カギを渡し合ってるから言うしかなかった。
「へえ、ならちょうどよかった」
「30分もしたら帰れよ。アイツが帰ってくるから」
「はいはい」
　将司は部屋の中のカーペットの上に座り、ベッドで寝ている俺のほうを見る。
「てかさ、楓希ってぶっちゃけ水沢ちゃんのこと好きっしょ？」
「……は？　ぶっちゃけすぎだろ、お前」
　将司の言葉に思わず自分の耳を疑った。
　コイツは何を言ってるんだ？
　俺が真心を好き？　ないないない。
「そうか？　俺には逆にそうにしか見えないんだけど」
「お前、視力下がったんじゃね？」
「俺、こう見えても目はいいから」
「あっそ」
　俺はベッドから上体を起こし、壁にもたれて座る。

「で、ほんとは好きなんじゃねぇの？」
「ない。あんな女っ気のないヤツ」
　サバサバしてるし、ひねくれてるし文句ばっかりだし、人のプライベートにズカズカ踏み込んでくるような女だ。
　誰があんなヤツ。
　俺のタイプとは真逆。
「んじゃあ、俺がもらっちゃお〜」
「は？」
　俺がもらうだと？　ふざけんな。
「お前、好きじゃないんだろ？　だったら、いいじゃん」
「……はぁ？　意味わかんねぇんだけど。お前は……」
「だって、水沢ちゃんの反応とか超かわいいじゃん」
　反応がかわいい……なんてそんなの知ってる。
　あんなにいつもはサバサバしてんのにすぐ顔が赤くなるし、超絶かわいくてツボ……って俺は何を言ってんの。
　でも、なんでそれを将司が知ってんの？
「俺さ、夏休みにお前と公園の前ですれ違った日あるじゃん？」
　すれ違った日……といえば、俺があの室井とかいうクズ男と会った日だ。
　俺は真心を公園に置いて家に帰り、やっぱり心配になって迎えに行ったときに将司とすれ違ったんだ。
「ああ……」
「あのときにお前が公園に行く前に、俺さ、水沢ちゃんと２人きりで話してたんだ」

……なんだよ、それ。
　井原の次はお前かよ。
　……ったく、なんなんだよ、どいつもコイツも。
「そのときに反応に惹かれちゃってさー、だから楓希が好きじゃないなら俺がもらおうかなって」
「……り」
「え？」
「無理だっつってんだよ」
　頭が熱のせいでガンガン痛いけど、今はそんなの気にしてられない。
　井原にも奪われそうで怖いのに将司になんて渡せない。
　アイツだけは……ダメだ。
「わかったわかったから!!　頼むからそんな今にも俺を殺しそうな勢いの顔で見んなって！」
　急に焦り出して、へヘッと笑っている将司。
「……」
　俺が何も言わないでいると、将司は俺に柔らかい視線を送ってきた。
「さっきのことだけど嘘だから。まあ、２人で話したのは事実だけど深い意味はないし、俺は京香ちゃん一筋だし？」
　やっぱ、山口なんじゃねぇかよ。
　俺はホッと胸を撫でおろした。
　あれ……俺はなんでこんなにも焦ってたんだろう。
　ていうか、今も将司と真心が２人きりで話してたことにイライラしてるし。

「それより、楓希。もういい加減、自分の気持ちに気づくべきじゃん？」
「気持ちって何を……」
「お前は気づいてないだけで、本当は水沢ちゃんのこと好きなんだよ。それもヤバいぐらいに」

　俺が真心を好きだと？

　絶対に違う。

　俺はそんな感情とっくに捨てたはずだ。

　それはお前が一番知ってるだろ？　将司。

「俺はもう恋なんてしない」
「楓希、恋はするもんじゃない。落ちるもんなんだ。どれだけ決意してても、知らぬ間に恋に落ちてる。お前のその相手が水沢ちゃんだったんだ」

　恋は落ちるもん……？

　違う、もう俺はあんな思いはしたくない。

　人を好きになったから、俺はひどく傷つけられたんだ。

「ほんとはもう自分でもわかってんだろ？」
「……」
「水沢ちゃんが、お前を傷つけてきた女たちと一緒に見えるか？」
「……見えない」

　真心は真っ直ぐで、自分の意思をちゃんと持ってて、曲がったことは許さないようなヤツ。

　そんなヤツがあんなことするわけない。

　そんなのわかってるけど、認めたくない。

この気持ちを認めてしまえば、俺はまた傷つくかもしれないから。
「水沢ちゃんが井原の彼女になってもいいの？」
　井原の彼女……そんなの無理。
　黙って一度だけ首を横に振る。
「もう、これ以上は言わない。お前が好きじゃないって言い張るならそれでいい。だけど、これだけは忘れるな。水沢ちゃんは、お前が今まで出会ってきた女たちとは違ってすっげぇいい子だ。だから、誰かに取られても文句は言えねぇぞ」
　それだけ言うと将司はカーペットから立ち上がり、ドアのほうへと歩いていく。
　でも、何かを思い出したかのようにクルリとこちらを振り返り、
「そういえば、水沢ちゃん……好きな人いるっぽかったよ。ほんとのとこは知らないけどね」
　とだけ言って出ていった。
　俺はしばらくその場から動けなかった。
　誰だよ……真心の好きな人って。
　そのままベッドに倒れ込み、将司の言ったことは忘れて目を閉じ寝ようとするけど、気になって眠れない。
　ああ――っ！　もう誰なんだよ。
　なんで、こんなに気になるんだ。
　これじゃあ、俺がこの気持ちの正体を嫌でも認めなきゃならねぇじゃねぇかよ。

将司のヤツ、全部わかってて言いやがったな。
　まったく、ほんとにウザい。
　次に会ったときに肩パン1発くらわせてやる……。
　……俺は真心が好きなんだ。
　ずっと、ありえないって気づかないフリしてた。
　自分でも思った以上に惚れてることにも気づいてた。
　そばにいると触れたくなって優しくしたくなるけど、上手くできなくて素っ気なくなって。
　それでも、笑ってくれているアイツがもう自分でもわけわかんないぐらい好き。
　でも……頭の片隅にはいつでも"あの女"がいる。
　いつになったら、消えてくれるんだろうか。
　俺はいつになったら、あの女につけられた傷が癒えるのだろう。
　考え事をしていると眠くなってきて、真心の「ふぅちゃん、大丈夫？」という声を心地よく聞きながら再び深い眠りについた。

好き、らしいです

　そして、次の日ふぅちゃんは無事に回復して学校に行けることになった。

　もう1日休めば？って言ったんだけど、『いつまでもお前に迷惑かけてられねぇからな』とか優しいセリフを言って聞く耳を持ってくれなかった。

　でも、それぞれのタイミングで学校に行って教室に入ったのはいい。

　そこからが問題だった。

　なんと、あたしとふぅちゃんの間に、ありもしない噂が流れていたのだ。

"有村と水沢は付き合っている"

　いや、付き合ってないし、まぁでも一緒に住んでるんですけどね……。

　なんて言えるわけもなく、クラスメイトから聞かれる『ほんとのところはどうなの!?』という質問に『いや、違うから！』と言い続けた。

　でも……。

「ちょっと、真心！　どういうこと!?」

「噂ってほんとなの？」

　でも、果歩と京香ちゃんだけには、本当のことを話したほうがよさそうだ。

　この2人には、嘘をつき続けるのは嫌だし。

「そのことは放課後に詳しく話したい」
「了解」
「じゃあ、この前言ってた私のオススメのカフェに行こう！」
　京香ちゃんの提案で、あたしたちは放課後にカフェへ向かうことになった。
「ちょ、有村！　お前水沢と付き合ってんの!?」
　そして、あたしよりもあとに教室に入ってきたふぅちゃんは、予想どおりみんなからの質問攻めにあっていた。
「……は？」
「お前、水沢と付き合っててイチャイチャとかしてんだろ!?」
　あちゃー……。
　そんなこと、ふぅちゃんに言っても無駄なのに。
　どうせ、お得意の"有村スルー"を発動するに違いない。
「……付き合ってる」
　彼はそう言うと自分の席に座り、なんでもなかったかのようにカバンから本を取り出して読みはじめた。
　え……？
　ふぅちゃん、今なんて言った？
　まわりからはヒューヒューと指笛を鳴らす音が聞こえてきて、あたしの頭は一瞬放心状態に陥った。
　何を言ってんの？
　付き合ってないでしょ！
「え、お前らマジで付き合ってんの!?」

「だったら、悪い？」
　えぇ……!?
　ふぅちゃん、でたらめはダメだよ!!
　あたしたち付き合ってないじゃん……！
　なのに、なんでそんな平然と答えちゃってんのよ！
　クラスの男子が冷やかす中、ケンケンが真剣な表情をしてふぅちゃんの肩を叩き、話しかけた。
「昼休み、話がある」
「……わかった」
　そんな２人のやりとりを聞いて「おお！　有村ライバル出現！」、「きゃー！　真心ちゃんモテモテ！」だなんて声が教室のあちこちを飛び回り、もっと騒がしくなった。
　あたしはただ驚くことしかできず、その場でぼーっと立ち尽くしていた。
　そして、チャイムが鳴りまいてぃーが入ってきてＨＲがはじまると教室の熱は徐々に冷めていった。

「真心、放課後まで待てないよ～」
「あと２時間ぐらい待ちなさい！」
　昼休みになって、さっきからグズグズ言っている果歩を残して、あたしはいつもどおり財布だけ持って、お昼ご飯を買いに行くために売店に向かう。
　今日はクリームパンが安いから、自分でお弁当を作るよりもお得なんだよね。
　その間、京香ちゃんと果歩は教室でおしゃべりしている。

ふぅちゃんはなんで"付き合ってる"なんて嘘をついたんだろう。
　あ、でもふぅちゃんは"付き合ってる"って確実に口にしたわけでもないし、面倒くさがり屋なふぅちゃんのことだから、誤解を解くよりも、そのままその嘘に乗っかっといたほうがいいって思ったんだろうな。
　あたし、いつの間にかふぅちゃんのことわかるようになってきてる。
　たまにする変な行動の意味は、いまだによくわからないけど。
　そんなふぅちゃんは、ケンケンに呼び出されて一緒に中庭のほうに行ってしまった。
　２人でなんの話するのかな……？
　それに、あたしは結局ケンケンに告白された返事をまだできずにいる。それなのにふぅちゃんと付き合ってる、だなんて、あたしどんだけタチの悪い女なのよ！
　あたし……誰が好きなんだろ。
　ここ数カ月でちゃんと考えていたつもりだったのに。
　でも、わかったことがある。
　ケンケンが他の女の子と話していてもとくに何も思わないのに、ふぅちゃんが他の女の子のこと考えていると思うと、モヤモヤして黒い感情が心の中を支配するんだ。
「ねぇ、あんたが水沢真心？」
「……なんですか？」
　考え事をしながら歩いていると、女の子たち３人組があ

たしの前に立ちはだかった。
　リボンの色が違うってことは先輩か後輩……でも緑色だから先輩だ。
「あんた、井原くんと有村くんに手ぇ出したんだって？」
　ふぅちゃんとケンケンに手を出した？
　何を言ってるんだろう、この人は。
「意味がよくわからないんですけど」
「井原くんはともかく、有村くんはみんなのものなんだけど」
「ていうか、なんであんたみたいな女なわけ？」
「あの……」
　なんなの？
　さっきからめちゃくちゃ腹が立つことしか言われてない気がするんだけど。
　しかも、ここは売店付近の廊下だからお昼ご飯を買いに来ている生徒があたしたちの様子をチラチラと見ている。
「まあいいわ。ちょっとついてきて」
「嫌です」
　先輩だからって、人の悪口を言っていいわけないでしょ？
「先輩の言うこと聞けないの？」
「先輩とか関係ないと思うんですけど」
「ウザっ。さっさと来いよ」

　腕を掴まれて無理やり連れていかれた先は、体育館。そ

して体育館の物置倉庫に押し込まれた。
「ここで自分のしたことの反省でもしてれば？　あと、抜け駆けした罰もあるから」
　それだけ言うと、ガチャリとカギを閉められた。
　嘘……閉じ込められちゃった。
　ここ、薄暗いし……なんか気味悪いんだけど。
　扉をドンドンッ！と叩いても、手がジンジンと痛むだけで外にはわからない。
　どんだけ分厚いのよ、この扉。
「お前のこと、メチャクチャにしていいってアイツから言われてんの」
　後ろから聞き覚えのない声がして振り返ると、そこには顔も見たこともないたぶん先輩であろう男の子がニヤリと不敵な笑みを浮かべて２人立っていた。
「な、何よ……！　近づかないでよ！」
　後ろに下がりたくても、あたしの背中は扉にピッタリとくっついていてもう逃げ場がない。
　や、ヤバい……。
　プールで室井くんにつかまったときは、屋外で人目もあったから、ふぅちゃんに見つけてもらえたけど、今回は違う。
　完全なる密室状態で助けなんて求めたとしても、誰も助けになんて来ない。
　だからこそ、余計に怖くて気づけば手が小刻みにブルブルと震えていた。

「そんなに怖がんなって」
　どんどん近づいてくる男を突き飛ばして扉をドンドン！と目一杯叩くけど、もう1人の男に両腕をがっちりと掴まれてマットのほうへ連れられ、マットの上に座らされた。
　じわり、じわりと込み上げてくる涙を必死に堪えて男たちに抵抗する。
　手は掴まれてても足は使えるもん。
「今から気持ちよくしてやるから」
　ニヤニヤと吐き気がするほど気持ち悪く笑う男が制服のポケットからカッターナイフを取り出して、あたしの制服を切り裂こうとした。
　ああ、もうほんとにあたしは襲われてしまうんだ……。
　そう思ったそのときだった。
　ガンガンガンッ!!と誰かが扉を思いきり蹴る音が耳に届き、男たちも驚いて、あたしの制服を切り裂く寸前で手を止めた。
「な、なんだ……!?」
「誰か来たのか……!?　まさかそんな……」
　驚いた男たちはカッターナイフを床に落として、しどろもどろしてるうちにガチャとカギが開く音がして、次の瞬間、中に入ってきたのは……恐ろしいほどの殺気を放っているふぅちゃんだった。
「ふぅ、ちゃん……」
　助かった……。
　ふぅちゃんが来てくれたことに安心したら、我慢してい

た涙が溢れ出てきた。
　どうしてこんなところにいるの？
　ケンケンと話してたんじゃないの？
　聞きたいことはいっぱいあったのに今はもう安堵の波が押し寄せてきて、どれも言葉にならなかった。
「お、俺は知らないからな！」
　あたしの腕を掴んでいた男が恐怖のあまり倉庫から出ていった。
　ふぅちゃんはその様子を黙って見ていた。
「おい……！　ちょっと待てよ……！」
　残された男が大量の冷や汗を流しながら言った。
「な、な、なんなんだよお前……！」
「お前こそ何？」
　危ない状況にもかかわらず、顔色１つ変えずに淡々と話すふぅちゃん。
　そして、落ちていたカッターナイフをそっと拾い上げてジジジッと音を立てて刃をしまうと、それを自分のポケットの中に入れた。
「ど、どうしてカギを……！」
「職員室にスペアキーあんの知らない？」
　男を見る彼の瞳には優しさはなく、背筋がゾクッとして凍りついてしまいそうなほど冷たい目をしていた。
「返せよ、真心を」
　ドクンッ……。
　こんなときに不謹慎だけど、あたしの心臓はうれしくて

反応してしまった。
　なんなの……ふぅちゃん。
「お、お前なんかに渡すか……！　コイツは今から俺が食うんだ！」
「は？　その口一生きけねぇようにしてやろうか？」
　ダルそうにポケットに手を突っ込みながら、ガンッ！と思いきり古びた壁を蹴ったふぅちゃん。
　ふぅちゃんはあたしのほうに近づき、腕を掴んで立ち上がらせると自分の背中の後ろに隠した。
「あの女はもう俺が懲らしめたから」
「嘘つくな……！」
　一歩一歩男に近づくふぅちゃんはプールのときなんかよりももっと怖くて、でも……頼もしかった。
「ていうか、お前さ……俺の許可なく真心にてぇ出そうとしたうえにそんな刃物まで俺の真心に向けて……タダですむと思ってんの？」
　ジリジリと男に迫り、殴ろうと手を挙げたけど、男の顔の目の前で寸止めで手を止めた。
「二度とすんじゃねぇぞ……わかったならさっさと出てけ」
　まだ風邪の名残で掠れた低めの声でふぅちゃんが言い放つと、男は半泣きで出ていった。
　男たちが去ってすぐに、
「ゴホゴホッ……！」
　ふぅちゃんが苦しそうに咳き込むから、あたしは慌てて駆け寄った。

でも、ふぅちゃんは肩に置いたあたしの手をどかして、
「この礼は家に帰ってからしてもらうから」
　とだけ言うと、自分も倉庫から出ていった。
　そういえば、ふぅちゃん……。
『俺の真心』
　とか言ってたよね？
　今さら思い出して体温が一気に上がった。
　最近わかってきたつもりだったけど、やっぱり、ふぅちゃんは本当に何を考えてるのかわかんないよ。
　その後、ふぅちゃんが呼んだであろう先生たちが駆けつけて、あたしを襲おうとした男たちと呼び出した女の先輩は停学という処分を下された。
　教室に戻ると、ケンケンたちがとても心配をしてくれた。

「で、で‼　真心！　何があったの⁉」
　放課後になり、京香ちゃんのオススメのカフェへとやってきて、２分もたたないうちにテーブルに身を乗り出して果歩が尋ねてきた。
「果歩ちゃん、落ちついて……！」
　それを隣に座る京香ちゃんが指摘する。
　あたしは２人の真正面に座っている。
「じつは……」
　あたしがふぅちゃんとの同居の理由を説明し、付き合っていることは否定した。
「えぇ⁉　じゃあ、あたしがこの前、真心の部屋に行った

ときも有村くんいたの⁉」
「う、うん」
「なんで、そのときに言ってくれなかったのよ！」
「だって……言ったらダメって大家さんに言われたんだもん」
「なるほどね……だから、2人はあんなに仲良さそうだったんだね」
　果歩はひどく驚いていたけど、京香ちゃんは冷静にフムフムと頷いていた。
「うん。でも、付き合ってないからね」
　何を思って、ふぅちゃんが付き合ってるだなんて嘘をついたのかは謎。
「えぇー、もったいない。てか、真心さ井原くんにコクられたでしょ？」
「な、なんで知ってるの……⁉」
　あたし、言ってないよね⁉
「そんなの真心ちゃんを見てればわかるよ」
　き、京香ちゃんまで……‼
「やっぱりね。付き合っちゃえば？」
「そうそう。井原くんほどのいい男の子、めったにいないと思うよ？」
　なんでそんなに2人は、ケンケンのことをゴリ押ししてくるんだろう。
　なんで……ふぅちゃんじゃないんだろう。
「だから、なんでそうなるのよ」

「じゃあ、真心は有村くんが好きなの？」
　『有村』という単語に心臓が大きく反応する。
「そ、そういうわけじゃ……！　というか、あたしの話ばっかりじゃなくて2人の話も聞きたい！」
　これ以上、問い詰められると嫌でも自分の気持ちに気づいてしまうから上手く話をそらした。
「仕方ないなぁ。あたしはなんにも変わりはないよ？　むしろ、ラブラブって感じだね」
　ニヤニヤと頬を緩ませながらうれしそうに話す果歩を見ていると、こっちまで幸せな気持ちになってくる。
　果歩たちカップルは本当に仲いいからなぁ。
「わ、私は……金田くんが好き……です」
　今度は京香ちゃんが少し俯きながら、しかも頬をうっすらと赤く染めながら恥ずかしそうに言った。
「きゃあー!!　いいね!!」
「絶対、2人はお似合いだよ!!」
　やっと本人の口から聞いた言葉に、あたしたちは自分のことのようにキャッキャッとうるさいぐらい喜んだ。
「お、お似合いだなんて……！」
「ほんとほんと！　告白とかしないの？」
「金田くんも京香ちゃんのことが気になってると思うよ？」
「そ、そんな……わ、私なんかが告白だなんて……！」
　フルフルと全力で首を横に振る京香ちゃん。
「自信持って！　京香ちゃん！」
「そうそう。頑張れ!!」

「い、いつか……頑張るね」
　モジモジと恥ずかしそうに頷いた京香ちゃんがかわいくて、自然と頬が緩む。
「応援してるからね‼」
「いい報告、待ってる！」
「ありがとう、2人とも！」
　それからあたしたちの会話は2人の恋バナへと変わっていき、あたしは相づちを打って聞いていた。
　いつも、聞く専門だから苦じゃないし、むしろ楽しい。
　人の恋愛を共感し合うときは本当に楽しいし、自分も幸せな気持ちになる。
「恋したら、もう自分が自分じゃなくなるよね〜」
「そうそう。知らない間に好きになってるよね〜！」
　でも、2人の会話にドキンッ！と心臓が飛び跳ねた。
　まるで、自分のことを言われているかのようでビックリしたから。
　嫌だなぁ、あたし。
　好きな人もいないのに、なんで反応しちゃってるのよ。
「さぁ、そろそろお開きにしますか」
「そうだね」
「今日はありがと！　また話そうね〜！」
　さっきの2人の言葉が心の中で引っかかり、ずっと考えているといつの間にか日は暮れていてお開きになった。
　あたしと果歩は同じ方向だから、カフェを出て少ししてから京香ちゃんと別れた。

「まーこ」
「何?」
　2人きりになり、すぐにあたしの名前を呼んだ果歩。
「あたしね、真心には幸せになってほしい。あんなに辛い思いしたんだから今度こそは失敗してほしくないの。だからね、井原くんはいい人だから勧めてるってだけで、真心が好きになった人なら応援するから、あたしでよかったらいつでも話を聞くからね」
　そして、優しい笑みを浮かべて言ってくれた。
「果歩……」
　果歩は果歩なりに、あたしの幸せを考えてくれていたんだね。
　あたしが過去に傷ついたのをずっと彼女なりに気にしてくれてて……さすがあたしの親友だよ。
「それに最近、真心変わったよ」
「え?」
「なんかね、前よりもかわいくなった」
「何それ」
「本気だよ本気。アイツに傷つけられてから冷たい顔することが多かったのに、最近は女の子っぽくかわいくなったと思うんだぁ〜」
　あたし……そんな冷たい顔してることが多かったんだ。
　きっと、あたしが変われたのはふぅちゃんのおかげなんだろうな。
　あの人が、あたしをさりげなく救ってくれたんだ。

「真心、自分の気持ちには正直にね」
「あ、うん……ありがと。果歩」
　そう言うと彼女は頬にえくぼを作り、にっこりとかわいい笑顔を見せた。
「ちゃんと、井原くんに今思ってる自分の気持ち話しな。彼ならきっと全部受け止めてくれるよ」
　そこであたしと果歩は別れ、それぞれの部屋へ向かった。
　あたし、改めていい友達持ったな。
　京香ちゃんという新しい友達にも恵まれて、あたしはもう十分幸せだよ。
　ふぅちゃんに家に帰ったらお礼言わなきゃ。

「ただいま」
　ガチャリと扉を開けると、返事はないものの、ふぅちゃんが本を片手にこちらをジッと見ていた。
「まーた、本読んでるの？　しかも、電気もつけないで。目、悪くなるよ？」
　リビングまで行き電気をつけようと手を伸ばした瞬間、その手の上にふぅちゃんの手が乗っかった。
　そして、すぐ近くに感じる彼の体温。
　そのせいで、異常なほどまでに心臓の動きが速い。
「どうしたの？　ふぅちゃん」
「おかえり……真心。待ってた」
　え、ふぅちゃんが『おかえり』って言ってくれた！
　こんなの初めてだ。

なんの風の吹き回しなんだろう……？
「た、ただいま……っ」
　動揺をできるだけ隠しながら言うと、耳元でふふっ……と小さな笑い声が聞こえてきた。
「わ、笑わないでよ……！」
「ん……真心」
　そんな色っぽい声で名前を呼ばれると、心臓が騒がしくなるからやめてよ。
　ただでさえ、ふぅちゃんがこんなにも至近距離にいることだけでいっぱいいっぱいなのに。
「何……？」
「呼んでみただけ」
「なっ……！」
　カチッ、と電気をつけてムカついた勢いで後ろを振り向くと、ありえないぐらい近くにふぅちゃんの顔があって、思わず顔をそらした……。
　けど、すぐにふぅちゃんによって前を向かされて、彼の甘い視線とぶつかる。
　電気をつけたのが間違いだった。
　暗かったら、こんなにはっきり顔が見えなくて胸のドキドキもマシだったかもしれなかったのに。
　あー……あたしはバカだ。
「……キスできそうだな」
　あたしの唇をそっと親指で優しく押さえて、ひどく柔らかい笑みを浮かべている彼に、あたしの体温はさらに上

がった。
　や、ヤバいって……この状況。
「き、キス!?」
「ダメ……？」
　そう言いながらも、あたしの顔にどんどんと自分の整った顔を近づけてくるふぅちゃん。
　その距離はもう鼻と鼻がくっつきそうなほどで……心臓が止まりそうになる。
「ちゅー……したくなっちゃった」
　もう触れ合いそうなぐらいの唇。
　ふぅちゃんが言葉を発するたびに吐息が顔にかかり、ドキドキが増していく。
　もう、キスされてしまう……！
　そう思ってぎゅっと目をつぶると「ふっ……かわいっ」という声が聞こえてきて……チュッと短いリップ音が静かな部屋に響いた。
「今日はそこで我慢してやる」
　ふぅちゃんがキスしたのは、あたしの唇……ではなくて、左頬だった。
　あたしは恥ずかしくなって、ほっぺたをそっと押さえる。
「お前のファーストキスは俺がもらうから」
　そんな甘いセリフを残して満足そうに微笑みソファに戻ると、本を読みはじめたふぅちゃん。
　あたしの鼓動は信じられないぐらいバクバクッと音を立てて動いている。

な、何よそれ……。
ていうか、なんであたしがファーストキスまだだって知ってんのよ……!!
言い返したいことはいっぱいあったけど、ふぅちゃんを見ていると何も言えなくなった。
だって、いつもなら切なげな表情をして読んでいる本を今日はすごく優しい表情で読んでいたから。
何かあったのかな……?
そんな違和感を抱きつつ、あたしはふぅちゃんと少し距離をとってソファに座った。
うわぁぁ……!!
もうさっきのことが頭から離れなくて、顔の熱がなかなか引かない。
ふぅちゃんのせいだ!!
「なんで今日はそんなに離れてんの?」
さっそく距離の異変に気づいたふぅちゃんは、不服そうに眉をひそめてあたしに言った。
あんたがさっきあんなことするからでしょ……!
「な、なんでもいいでしょ……!! 気分よ気分!!」
あたしがそう言い放つと彼は何も言わないで、あたしとの距離をいとも簡単に縮めた。
それも、今までは少しは空いていた距離も今日はない。
体と体が密着してしまうほどの近い距離に、頭がクラクラする。
「ふぅちゃん……近いから」

「気分。俺は近づきたい気分なの」
　なっ……！
　こちらを見ようともせずに本へと視線を向けている。
「あたしは離れてたい気分なの!!」
「嘘つき。ほんとは俺ともっとくっつきたいくせに」
「……はぁ!?　ありえないから……!!」
　なんで、あたしがふぅちゃんとくっつかなきゃいけないのよ……！
「そういえば、今日のお礼、してもらってなかったな」
「あ……その節は本当にありがとうございました……」
　お礼を言うの忘れてた。
　さっきまでは覚えてたのに……これも、あんなこといきなりしてきたふぅちゃんのせいだ。
「ん……」
　短い返事をしてから再び本を開いて読みはじめた……と思ったら、急にコテンと自分の頭を傾けてあたしの肩に乗せた。
「あの……重いんですけど」
　そんなこと思いながらも、ドキドキしているあたしもあたしだ。
「んなもん、知らねぇ。今日の礼だと思え」
「えぇ!?」
　これが、お礼ですと……!?
　なんだよ、それ……!!
　そして、挙句の果てにはズルズルと肩から下にズレてあ

たしの膝の上に頭を乗せた。
「ふ、ふ、ふぅちゃん!?」
　こんなことになるなんて予想もしていなかったあたしの頭は、プチパニック。
「真心、うるさい」
　そんなあたしの様子なんて気にも留めないで、あっさりとした口調で言葉を発するふぅちゃん。
「ふぅちゃんのせいでしょ!!」
　のん気に本なんか読んでるけど、こっちはそんな状況じゃないんだからね……!!
　さっさとどいてよ!!
「ふっ……ドキドキしてんの？　かわいい」
「か、か、かわいい……!?」
　やっと本を読むのをやめて机に置いたと思ったら、そんなことを言って優しく目を細めて手を伸ばし、あたしの頬にそっと触れてくる。
　それだけでもう、あたしの心臓は忙しく動き出す。
　静まれ……静まるんだ……あたしの心臓よ。
「頼むからそんな顔すんな。襲いたくなる」
「お、お、おそ……!?」
　ふぅちゃんってば、まだ熱があるんじゃない……!?
　じゃないと、おかしいって……!!
　ふぅちゃんはこんな甘いことめったに言わないもん!!
「あー、今日もどっかのバカのせいで疲れた……ってことで充電充電」

そんな声が聞こえてきたと思ったら、あたしの体はいつの間にか体を起こしたふぅちゃんの腕の中に、すっぽりと収まっていた。
「ふ、ふぅちゃん……!!　離れてよ……!!」
　もうあたしの心臓は破裂寸前。
　ふぅちゃんの体温があったかくて余計にドキドキしてしまう。
「離すわけねぇだろ。まだ充電30%しかできてないから」
　な、なんですかそれは……!!
　あんたの体はスマホかなんかなの!?
「100%になるまで離さない」
　耳元でぼそっ、と呟くのやめてくれないかな!?
　あたしの心臓が反応してしまうから……!!
「つーかさ、お前、井原にコクられてんだって?」
「……はぁ!?」
　なんでみんなそのこと知ってんの!?
　あたし、バラしてないよね!?
　もしかして、ケンケンがバラしてるとか!?
　うーん……その線は薄いか。
「な、な、なんでそれを……!?」
「井原から今日聞いた」
　あ、昼休みのあの時間で聞いたのか。
　でも、それがどうかしたんだろう?
「付き合うの?」
　充電が終わったのか体を離したふぅちゃんの視線とぶつ

かる。
「……付き合ったらどうするの?」
　あたし……何を聞いてるんだろ。
　素直に『付き合わないよ』って言えばいいのに。
　なのに、どうしてこんなふぅちゃんを試すようなことを聞いてるのかな?
「そんなの……許さない」
　その言葉にドクンッと胸が高鳴った。
　絶対に『勝手にすれば?』なんて言葉が返ってくると思ってたから。
「やだ。付き合うなよ……俺のそばにいて」
「ふ、ふぅちゃんはどうして……そう思うの?」
　自分で言っておきながら、口から心臓が出てきそうなぐらいバクバクと音を立てている。
　しばらくの沈黙のあと、ふぅちゃんがゆっくりと口を開いた。
「そんなの決まってるだろ……」
「……え?」
　その瞬間、再びあたしの体を引き寄せ、離れていた距離を一気に縮めてぎゅっと抱きしめた。
「お前のことが好きだから……」
　一瞬、時が止まったような……そんな気がした。
　あたしのことが好きだから……?
　少し前からそんな感じはしていた。
　予兆はあったのに、実際に言われてみるとかなりヤバい。

ケンケンに告白されたときはうれしかったけど、正直戸惑いのほうが大きかった。
　でも、ふぅちゃんに好きだと言われて、戸惑いも少しはあるけどうれしさのほうが大きいかもしれない。
　なんでなんだろう……どうして？
「……なんか言えよ、バカ」
　照れているのかほんのりと赤い頬を隠すかのように、あたしの肩に顔を埋めた彼。
「な、なんか照れるなぁ〜」
「調子乗ってんじゃねぇよ」
　さ、さっきの甘い感じなのはどこに行ったの……!?
　これだから、ふぅちゃんは……。と思うけど、耳まで真っ赤だからそれがかわいくてつい笑ってしまった。
「笑ってんじゃねぇよ。このバカ女」
「ばっ……、バカ女!?」
「それでバカ女さんは俺のこと……好き？」
「へ？」
　いきなりそんなこと聞いてくるとか、反則以外のなんでもないでしょ。
「わかんない……」
　本当は気づいてる……けど、認めたくない。
　まだ、あたしが恋するには時間が必要なの。
　ケンケンのこともちゃんとしたいし。
「俺、待つの嫌いだからね……」
　そうですよね……あなたは待つのとか嫌いそうなお方で

すよね。
　見ててもわかりますよ……。
「でも……お前のことは待てるから」
　キュン……。
　あー!!　もう!!
　毎回、毎回キュンッてするような甘いセリフを言わないでよね!!
　そのたびにこっちは意味わかんないぐらいキュンキュンしてるんだから!!
「そろそろ……離して？」
　もう充電は100%になったでしょ？
　さっきからずっと抱きしめられていて、もう本当に顔から火が出そうなんだから。
「んー……まだダメ。今99%だから」
「な、何それ……！」
　100%になるとき……来るの？
　来たとしても、あともうしばらくはこの状態……。
　もう!!　心臓がもたないって……!!
「俺は充電中だから、じっとしてて」
「そ、そんなこと言われても……!!」
「好きな女と一緒に暮らすって大変なんだからな。俺が今どれだけ我慢してるかお前にわかる？」
　が、我慢って……。
　ふぅちゃんが激甘なせいで、頭がクラクラして何も考えられなくなる。

「わ、わかんないよ……」
「いつか真心も、俺にそんな気持ちを抱くようになるといいな」
　体が離れ、見つめ合うと、ふわと柔らかくて優しい笑みをあたしに向けたふぅちゃん。
　その笑顔の破壊力は本当にヤバいんだってば。
　普段は無表情が多いくせに……こんな不意打ちだなんてズルい男。
　それから、ふぅちゃんはしばらくあたしのことを抱き枕のように扱い、なかなか離してくれなかった。
　ふぅちゃんは、あたしのことが……。
　好き、らしいです。

自分の気持ちに素直になれよ

　ふぅちゃんに告白されてから1週間がたった。
　最初のほうはソワソワとしていたけど、ふぅちゃんがあまりにもなんでもなかったかのように過ごすので私も同じように接することにした。
「じゃあ、先に行くから～！」
　玄関でローファーを慌てて履きながら、今起きてきたばかりのふぅちゃんに声をかける。
　今日は、いつもよりも早く学校に行くのだ。
　眠そうに目を擦りながら、あたしをジッと見つめてくるふぅちゃん。
「何その髪の毛。だっせぇな」
　朝からの第一声はそれですか……!?
　しかも、好きな女の子に向かって普通そんなこと言う!?
「はいはい。似合わなくて悪かったですね！」
　そう、今日はなんとなくお団子ヘアにしてみたのに、けなすようなことを言うなんてやっぱり最低なヤツ。
　荒々しくドアをバタン！と閉めて、明らかに怒っているとわかりやすい態度で部屋を出て学校へと向かう。
　なんなのよ……!!
　"かわいい"って言ってみたり、"だっせぇな"とけなしてみたり。
　ほんと、朝からムカつくわ。

あたしたちが一緒に住んでいることは学校中に知れ渡ったけど、理事長に大家さんがちゃんと事情を説明して許しを得た。
　まあ、退学を免れたのはよかったけど……。
「あ、マコマコ！　今日は早いんだ！」
「ケンケン、おはよ」
　そう、あたしが今日早く学校へと来た理由はケンケンにちゃんと気持ちを伝えるため。
　ケンケンは部活で朝練があるから早くに学校に来ているんだ。
　そして、教室で準備してから部活に向かうらしい。
「あのさ……ケンケン」
　あたしの真剣な声色に、ケンケンの表情もどんどん強ばっていくのがわかる。
　きっと、ケンケンはあたしが何を言おうとしているのかもう察しているんだと思う。
「何？」
「あたし……ケンケンとは付き合えない」
　あたしの彼氏になる人はケンケンじゃない。
　ケンケンはとってもいい人で、きっと彼氏になったら幸せにしてくれると思う。
　ケンケンみたいな人が彼氏だったらいいなあって、本気で思ったこともあった。
　でも、あたしが求めてる人はこの人じゃなくて、もっと無愛想で、でも優しい不器用な人なんだ。ふぅちゃんに告

白されたから振るんじゃない。
　本当はずっと前から、あたしはふぅちゃんのことが気になっていたんだ。
　ただ、その気持ちに向き合うのが怖くて答えを出せずにいた。
「そっか。残念だけどちゃんと言ってくれてありがとう」
　ケンケンはぎこちない笑顔を浮かべて、あたしに無理やり笑ってみせた。
　これも彼なりの気づかいなんだろう。
　あたしがこれ以上、罪悪感を感じないように。
「あたし……ケンケンといるとき本当に楽しい。だから、もしよかったらこれからも友達として仲良くしてくれませんか？」
　自分勝手だとわかってるけど……ケンケンとは気まずい関係にはなりたくない。
　せっかく、仲良くなれた友達なんだもの。
「もちろん!!　うわぁ……よかった。俺、もうマコマコと話せないかと思ったあ～……」
　拍子抜けしたように肩の力を抜いたケンケン。
　そして、安堵の表情を浮かべて笑っている。
　本当に優しくていい人だな、と改めて思った。
　あたしだったら、フラれてすぐにそんな顔できないよ。
「あたしなんかでよかったらこれからもどうぞよろしくね」
「おう！　でさ……マコマコ」
　いきなり笑うのをやめて、あたしの瞳をジッと見つめる

ケンケン。
　その瞳は真剣で少しだけ切なげに揺れている。
「何？」
「もうさ、自分の気持ちに素直になりなよ」
　え……？
　もしかして、ケンケンはずっと気づいていたの？
　あたしが……自分の気持ちに蓋をしていることに。
「過去に何があったかは俺はわかんないけどさ、マコマコはもっと素直にならなきゃ手遅れになるよ？」
　ケンケンがあたしを思って言ってくれてるのが痛いほど伝わってきて、胸がジーンと熱くなった。
「ほんとにありがとう……。ケンケン」
　ケンケンは、あたしなんかにはもったいないぐらいのいい男だよ。
　いつか、ケンケンも素敵な人と出会えますように。
「ううん。ちゃんと幸せにしてもらえよ？」
「ありがと……」
　それから少しだけ2人で話してから、ケンケンは部活へと向かった。
　……もう気づいてないフリはやめよう。
　あたしは、ふぅちゃんが好きなんだ。
　無愛想で、素っ気ないくせに誰よりあたしの気持ちに気づいてくれて、困ったときは助けに来てくれて、不器用な優しさに何度も救われたんだ。
　きっと、いつからかクールなのに優しい彼のことを好き

になっていたんだ。
　でも……まだ伝える勇気が出ない。
　人を好きになるなんて久しぶりの感覚すぎてどうしたらいいのかわからないし。
　ゆっくり、ゆっくりでいいからこの気持ちを膨らませていつかふぅちゃんに思いきり伝えよう。

「……おい」
「え？」
　さっきまでケンケンと2人きりだった教室に、学校へと登校してきた人たちがちらほらと増えてきた。
　そんなときに聞き覚えのある人の声が聞こえてきて……ビックリして後ろを振り向いた。
　そう、あたしに声をかけたのは無造作にセットされた髪型のふぅちゃん。
「な、なんですか……？」
　好きと自覚してからすぐに現れるなんて……心の準備がまだできてないんですけど……!!
「その……髪型……る」
「え？　なんて聞こえないんだけど」
　そんな小さく口を動かして、もにょもにょ言われても聞こえないし。
「だから、その髪型似合ってるっつってんだよ」
　照れくさいのか、言ったあとすぐにあたしから視線をそらした彼。

ぽっ、と火がついたように赤くなるあたしの顔。
　朝のこと……気にしててくれたんだ。
　ほら、やっぱりこういう不器用だけど優しいところも好きだなぁって思うんだよ。
「ど、どうもありがとう……」
「それだけだから……」
　そう言うと、自分の席に腰をおろしていつものように本を読みはじめた。
　もう、見慣れた光景だ。
　でも不思議に思うのは、ふぅちゃんが毎日のように読んでいる本。
　何が不思議かって？
　それは、あの本を何回も読み返してるからなんだよね。
　それはもう暗唱できるんじゃないの、ってくらい。本のページもめくりすぎてクシャクシャになっているし。
　おまけに、あの本以外読まないの。
　他の本には目もくれないで、あのミステリー本だけをずっと読んでいる。
　何か……理由でもあるのかな？
　ふぅちゃんの隠された秘密があの本に。
　どうせ聞いても答えてくれないだろうから仕方ない、自分から話してくれるのを待つしかないか。
　ぼぅっとしていると、果歩と京香ちゃんが仲良く登校してきた。
「真心！　今日早いじゃん！　どうしたの!?」

「あのね、2人とも……」
　あたしは2人にケンケンを振ったことと、ふぅちゃんが好きなことを伝えた。
　すると、2人はうれしそうに「やっと、言ってくれたね」と言って、微笑んでくれた。
　やっぱり、2人とも気にしててくれてたんだなぁ。
「まあ、なんかあったらすぐに言ってきてね」
「私でよければ、力になるから！」
「うん！　2人とも大好き!!」
　普段は絶対にこんなこと恥ずかしくて言わないけど、今日だけは……ね？
「うわ、真心が大好きなんて珍し……!!　ビデオ撮っとけばよかった!!」
「真心ちゃん、ほんとかわいいよね～！　私も大好きだよ！」
　そんな2人に囲まれて、あたしは今日も幸せを噛みしめていた。
「そうそう！　昨日のドラマでさー……」
　話は大幅にそれたけど、この2人といると落ちつくしあたしがあたしらしくいられる。
　そんな場所があるなんて本当に幸せなことなんだろうなぁ、って今さらながら思うよ。
　果歩と京香ちゃんとはこれからもずっと仲良しでいたいな……なんて口には絶対出さないけどね。
「って、真心、今の見てた!?」

「あ、ごめんごめん。見てなかった」
　ぼーっと考え事をしていたら、急に話しかけられた。
「真心ちゃん、残念だったね〜！　今、すっごい顔してたんだよ！　果歩ちゃん！」
「え？　どんな顔？　見たい見たい!!　ってことでアンコール!!」
「え！　やだよ!!」
　他愛もない会話で盛り上がりながら、あたしたちはホームルームまでの時間を楽しく過ごした。

　そして家に帰ると、いつもあたしよりも早く帰ってきているふぅちゃんが今日はいなかった。
　どっか行ってるのかな……？
「あ、ふぅちゃん！」
　ふぅちゃんのことを考えていると本人が帰ってきた。
　てか……あたし、なんか態度激変しすぎじゃない？
　絶対に怪しまれるやつだ。
「……今日はテンション高いんだな」
「え？　そう？」
「うん」
　すぐに会話は終わってしまう。
　だって、ふぅちゃんが続かないような返事しかしてこないんだもん。
　いじけてソファに座っていると、後ろから急に抱きしめられた。

一気に体温が上昇するのがわかり、すぐに顔まで熱くなっていく。
「……何してるの？」
「そんな首元見せてさ、どれだけ俺に嫉妬させるわけ？」
　低く甘い声に心臓が大きく反応する。
　そして、尋常ではないぐらいドクンドクンッと鼓動が激しく音を立てる。
「べ、別にそんなわけじゃぁ……！」
「じゃあ……俺にキスマークでもつけてほしかった？」
　き、キスマーク……!?
　ふぅちゃんは1人テンパっているあたしを無視して、自分の唇をあたしの首に押しつけた。
　そして、その数秒後チクッと首に痛みが走った。
「いたっ……」
「これで、しばらくは髪の毛は上げられなくなる」
　な、な……っ!!
　ふぅちゃんって出会ったころ、こんなに甘かったっけ!?
　とろけてしまいそうなぐらい甘いんだけど……!!
「ていうか、何したの!?」
　まさか……ほんとにキスマークつけたんじゃ……！
　慌てて洗面台の鏡まで行き、自分の首元を確認して固まった。
　そこにはくっきりとキスマークがつけられていたから。
「1日中ヤキモチ妬かされたから……その罰」
　背後から現れた彼をギッと睨むと、そんな私を無視して、

ふわっと笑い返された。
「案外、きれいについててよかったな」
　そう得意げに言って、自分がつけたキスマークを人差し指でなぞる。
　ゾクッ、となったけど我慢我慢。
「よくない!!」
「マジでお前がかわいすぎて、他の男がチラチラ見ててムカついたんだけど」
　ふぅちゃんでもヤキモチとか妬いたりするんだ……。
　そういえば、独占欲強いって言ってたような……？
　拗ねたように言うふぅちゃんは、さっきとは違って最高にかわいい。
「まあ、でも俺のことを好きでもないお前からしたら迷惑だよな。忘れて」
「え、ちょっ……！」
　そう言うと、スタスタと洗面台からリビングへと歩いていってしまう、ふぅちゃん。
　あたしはもう一度鏡でキスマークを見てみた。
　なんか……愛されてるな。
　そう思うと自然と頬が緩んでいて、パシッと気を引きしめるために一度軽く頬を叩いてからふぅちゃんのところに戻った。
「ふぅちゃーん」
「何」
「なんでもなーい」

「……あっそ」
　うわ、いきなり冷た。
　さすがクールな方ですこと。
　甘くなったと思ったら、急に普段に戻るんだから……困った人だな。
　でも、そこがいいのかもしれない。
　そこにあたしはどっぷりとハマってしまっているんだろうなぁ〜。
　あたし、いつの間に頭と心の中がこんなにもふぅちゃんでいっぱいになってたんだろう。

☆
☆
 ☆
  ☆

5LDK♡

ねえ、教えてよ

　そして、ふぅちゃんが好きなことに気づいてから2日ほどたった。
　気づけばもう季節は秋で10月に入ろうとしている。
　もうすぐ、文化祭の時期だな～……。
　今年は何するんだろう？
　そんなことを思いながら、まいてぃーの口から出てくるテキトーな言葉たちを聞いてるフリしながら、机に頬杖をついてグラウンドをぼーっとした頭で眺める。
　あーあ、早く部屋に帰りたいな。
　あたしとふぅちゃんの距離は相変わらずで、付き合ってもなければ友達と言っていいかもわからない。
　ふぅちゃんだって毎日甘いわけじゃないし、会話だってごくありふれたものだけだし。
「話は以上。気をつけて帰れよ」
　やっと、まいてぃーの話が終わり、スクールバッグを肩にかけて果歩と一緒に通い慣れた通学路を歩いてマンションまで向かう。
「そういえば、真心。最近、有村くんとはどうなの？」
「どうって……何も進展ないけど」
　あたしだって、むなしくなるぐらいだよ。
　もしかして、あたしがふぅちゃんのことの好きなのバレちゃった……？

だから、最近あたしに構ってこないの?
「えー! 一緒に住んでるのに!?」
「そうなんだよね〜。ふぅちゃんって、ほんとにあたしのこと好きなのかな?」
　もうそれすら、曖昧に思えてきた。
「え!? あんた有村くんに告白されてたの!?」
「あ……、言ってなかった?」
　そういえば、あたし果歩と京香ちゃんにはふぅちゃんのことが好きだってことしか伝えてなかったような……?
「言ってないし!! てか、なんでそんな重要なことを言ってくれないのよ!!」
　怒っているのか、興奮しているだけなのかよくわからない果歩をいったん落ちつかせてから話しはじめる。
「ごめんごめん。言ってたと思ってたからさ」
「まあ、いいけどさ〜。で、なんで告白されてるのにOKしないわけ?」
　"好きなんでしょ?"とでもいうように食い気味に聞いてくる。
　それはそうなんですけれども……。
「そのときは曖昧だったっていうか……」
　自分の気持ちに気づかないようにしてたときだったからなぁ〜……。
「そのときはそうだったとしても、今なら返事できるでしょーが」
　珍しく、形勢逆転しているあたしたち。

いつもなら辛口で物を言っているのはあたしで、ウジウジしているのは果歩なのに。
「そ、それは……」
　告白なんてあたしには無理っていうか……。
　タイミングがわかんないし、万が一断られでもしたら？
　あたし、完全なる自意識過剰じゃん。
「無理にとは言わないけど、早くしないと有村くんなんてモッテモテなんだからね」
　うぅ……果歩の言うことが正論すぎて、返す言葉が見つからないよ。
「わ、わかってる……」
「ってあれ、前にいるの有村くんじゃない？」
　あたしたちの少し先を、1人でダルそうにポケットに手を突っ込んで歩いている男子高校生。
　それは、前から見なくてもわかる。
　確実にふぅちゃんだ。
「ほんとだ……」
　こんなところで会うなんてなんかうれしいな。
「ふふっ……真心、行ってきな！　あたしのことはほっといていいから！　泰人とデートでもしてくるから」
　あたしの背中を軽く押して優しく笑うと、彼女はクルリと来た道の方向を向いて歩き出した。
　果歩〜……ありがたいけど、そんなの緊張しちゃうよ。
　でも、せっかく果歩がくれたチャンスだ……生かさなきゃ‼

「ふぅちゃん!!　一緒に帰ろーよ」
　ふぅちゃんは突然あたしが現れたことに一瞬目を見開いて驚いていたけど、すぐに元の顔に戻った。
「……うるさくすんなよ」
　そ、それはいいということなのでしょうか？
　まあ、いっか。
　こうして隣を歩いてても何も言わないってことは、いいっていう証拠だよね。
　自己解決していると、突然隣を歩いていたふぅちゃんが足を止めた。
　不思議に思って、ふぅちゃんの視線の先を見てみると、そこには１台の赤いスポーツカーがマンションの前に止まっていた。
「誰の車だろうね」
　とくに気にも留めずに歩き出したけど、ふぅちゃんの足は止まったまま。
「ふぅちゃん？」
「……」
「ねぇ、ふぅちゃんってば……！」
　何度問いかけても何も返事はなく、ずっとそのスポーツカーだけを見つめている。
　放心状態……といったほうがいいのかな？
　すると、少し遠くからでもわかるほどスタイルのいい女の人がスポーツカーの運転席から降りてきて、こちらを見て一瞬だけ目を大きく見開いてから、あたしたちのほうに

駆け寄ってきた。
　ふぅちゃんの知り合い……？
　とても生徒には見えないけど、もしかしてふぅちゃんの想い人だったりする……？
「楓希だよね？　久しぶり。元気にしてた？」
　あたしたちの前まで歩いてきた女の人は遠くで見るより長身でスタイルがよくて、目が釘づけになるほどの超絶美人だった。
　モデルさんかなんかかな……？
　見た目は20代前半ぐらいに見える。
「……何しに来たんだよ」
　ずっと黙っていたふぅちゃんが、ひどく湿度のない声で怖い口調で言った。
「楓希がどうしてるか心配で会いに来ちゃったの」
　女の人がそう言うと、ふぅちゃんは辛そうに顔を歪ませてチッと舌打ちをした。
　あたしはその様子を、ただ黙って見ているしかできなかった。
　やっぱり、忘れられない人なのかな。
　やっと、気持ちを自覚したばかりなのに。
「あら、舌打ちなんて悪い子になったわね」
「……もう帰れ」
　ふぅちゃんの声は怒っているのに表情は切なそうで、そこであたしは、この女の人はふぅちゃんの女嫌いに関係しているのだろうということを察した。

「もう、中学校のときはかわいかったのにな〜、今はこわーい顔するんだもん。智織に国語を、教えてもらって帰ってきたときなんてニコニコしてさ」
　辛そうにしているふぅちゃんとは真逆の表情で、女の人は懐かしそうに微笑みながら言った。
『中学のときにめちゃくちゃ教えてもらったから』
　いつかのふぅちゃんの言葉をふと思い出した。
　そうか……この人はふぅちゃんの過去を知っているんだ。そして、金田くんが言ってた"ある人"というのは、この女の人の口から出た"智織"さんのことだ。
　ふぅちゃんが寝言で呟いていた名前と一致している。
　それにしても……この人……ふぅちゃんよりだいぶ年上で……というか明らかに成人してるように見えるんだけど、どういう関係なんだろう。
「……」
　ふぅちゃんは黙り込んだまま、何も言おうとしない。
　そんな彼を気にする様子もなく、女の人はポンポンと言葉を発していく。
　まるで、ここにあたしがいなくてふぅちゃんと２人きりで話をしているような感じで。
「ちょっとはあたしにも感謝してよね。あんたが急に進路変えるから智織も心配してたのよ。先生として何かしてあげられることがあったんじゃないかって。だからはるばる会いに来てあげたのよ。もうすぐ智織も来るって。会いたいならまた連絡して」

"先生"という単語にピクッと反応してしまった。
　ふぅちゃんの忘れられない人って……智織さんって、もしかして学校の先生だったの？
「……もういいから、帰れよ」
　ひどく低い声で言い放つのに、一向にここから立ち去ろうとしない彼。
　きっと、思い出してるんだ……過去のことを。
　いい思い出も嫌な思い出もすべてを……。
「ふ、ふぅちゃんは今はあたしの彼氏なんですけど〜」
　どうしてもふぅちゃんを助けたくて、そうするためにはここから立ち去ることが一番効果的なのだと思ったから、とっさに口から出た嘘をついてしまった。
　そんなあたしの言葉に、案の定ふぅちゃんは目を丸くして驚いていた。
「へえ。あなたが？」
　その女の人は、あたしの顔を興味深そうにマジマジと見てくる。
　その目は強烈に怖くて怯みそうになったけど、こんなところで怯んでる場合じゃない。
「過去がどうとか、あたしは気にしてないんで」
　ギッと精一杯、その女の人を威嚇(いかく)して睨み返す。
　すると、その女の人はふっと嘲笑したと思ったら、今度は余裕の笑みを浮かべた。
「楓希、まだあの本を読んでるでしょ？　で、勉強も現国とか国語類しかしてないでしょ？」

え……なんで知ってるの？
　図星すぎて、言葉を失う。
「その顔は図星ね。なら、まだ智織のこと忘れてないのね」
　それって……どういうこと？
　ふぅちゃんが毎日欠かさずに本を読むのも、現国だけが得意なのも、智織さんが原因だったの？
　それなら、彼が切なげに本を読んでいたこともすべて納得がいく。
　何しろ、その本を見て本気で好きだった相手のことを思い出していたのだから。
　あたしは彼女でもないのに、胸を刃物で引き裂かれたかのように苦しくて痛かった。
「だ……だから何だっていうのよ!!　今はあたしの彼氏だって言ってるでしょ!?　誰があんたたちなんかに返すか、バーカ!!」
　悔しくて……。
　ふぅちゃんがあたしのことを好きでいてくれても、無意識に彼女のことを考えているのが嫌で。
　辛くて、苦しくて……気づけばあんなことを言っていた。
　まさか、あたしがこんなことを言うだなんて思っていなかった女の人は、目をぱちくりさせてひどく驚いていた。
　その隙にふぅちゃんの腕をグイグイと引っ張って、無理やり部屋まで連れてきた。

　帰宅してからすぐにふぅちゃんをリビングまで連れてい

き、ドンッ！とソファに突き飛ばす。
　そのとき、ギシッとソファのスプリングが軋む音が静かな部屋に響いた。
　ふぅちゃんはまださっきの動揺から抜け出せてないようで、突き飛ばされても、あたしと目を合わせようとしない。
　なんなの……ムカつく。
　そんなに智織さんが好きだったんだ。
「……ありがと、助かった」
　やっと、言葉を発したと思えばそんなこと。
　ありがとう……なんて聞きたくない。
　あたしが聞きたいのは……。
「ねえ、教えてよ。あたし、ふぅちゃんのこともっと知りたいよ……」
　ふぅちゃんがそんなにも苦しむ理由を……もっとちゃんと知りたいんだ。
「……」
　ふぅちゃんは何も言わずに黙ったまま。
　あたしとふぅちゃんの間に、しばらく気まずい沈黙の時間が流れる。
　その沈黙を破ったのは、あたし。
　ふぅちゃんの肩を押さえて、強引に視線を合わせる。
　ふぅちゃんの瞳は、今までで一番悲しげに切なげに揺れていた。
「ふぅちゃんがあたしの悲しみを分け合ってくれたように、あたしもふぅちゃんの悲しみを分け合いたい」

キミは不器用ながらも、あたしを元気づけてくれた。
　さりげない優しさに何度も救われたんだ。
「ごめん……でも、あんなふぅちゃん見てられなかった」
　ふぅちゃんらしくなかった。
　いつもみたいな冷静な表情じゃなかった。
　今だって、そんなに悲しそうに辛そうにしてるのに、なんであたしを頼ってくれないの？
「……」
　あたしの顔をジッと見つめたまま何も言おうとしない様子の彼。
　でも、その目があたしに訴えてるように見えた。
　『助けて』と言っているように見えて仕方なかった。
「そうやって1人で抱え込んでバッカじゃないの？　あたしがあんたを頼るように、あんたもあたしこと、もっと頼んなさいよ……!!」
　信頼しているのはあたしだけなの？
　あたしだけがキミのことを信じているの？
　あたしの言葉を聞いて、ふぅちゃんの瞳にだんだん悲しみの涙が溜まっていくのがわかる。
　それは今にもこぼれ落ちそうで、あたしはそっと人差し指でその涙がこぼれ落ちないように優しく拭った。
「あれは俺が中学2年のときだった……」
　すると、彼が震えた声でぽつり、ぽつりと1つ1つを思い出すかのようにゆっくりと話しはじめた。

本気で好きだったから

【楓希side】
　これはまだ俺が中学2年生という、まだまだガキだったころの話。
　その中2の春に……丸橋智織先生が他の中学から赴任してきた。
　先生は生徒たちを魅了するような美しい顔立ちで優しく明るく性格もよく、生徒たちからも人気があった。
　そのときは俺だって普通の男で女嫌いでもなかったから、他の男子生徒と『すっげぇ美人！』とか騒いでたのを覚えている。
　智織先生は俺のクラスの担任になり、俺たちが初めて会話らしい会話をしたのは赴任してきてから1ヶ月ほどがすぎたころ。
　いつかの放課後、俺が教室に忘れ物をして取りに行ったときのことだ。教室に残っていた先生が涙を流していたのをたまたま見てしまった。
　それが、すべてのはじまりだった。
　このとき、無視していれば俺は傷つくこともなかったのに……と何度後悔したことだろうか。
『先生、大丈夫ですか？』
　そう声をかけると先生は俺がいることに気づいてなかったのか、一瞬ぱっちりとしたきれいな目を大きく見開いて

からすぐに涙を拭った。
『ご、ごめんね。目にゴミが入っちゃって』
　先生が嘘をついたことなんてバレバレだった。
　だって、目にゴミが入ったぐらいで目がパンパンに腫れてしまうほど泣きはしない。
『嘘なんかつかないでください』
　俺の言葉に先生は観念したようにまた泣きはじめ、挙句の果てに気が動転していたのか俺に泣きついてきた。
　とても悲しそうにただ涙を流す先生。
　そのときの俺はどうかしていた。
　気づけば、先生の腰に手を回して優しく抱きしめていた。
　なぜか、俺が守ってあげなきゃ……なんて思ったんだ。
　先生はすぐに涙を止めて俺から離れたけど、俺の気持ちは確実に彼女に向いていた。
　その少しあとに知ったことだけど、先生は姉貴の友達で、俺のことを知っていたらしい。
　それから、俺の禁断の片想いははじまったんだ。
　何も用事なんてないのに無駄に先生に絡みに行った。
　そのたびに先生は優しい笑顔を向けてくれて、生徒としか見られていないとわかっていたけど、下の名前で呼んでもらえるだけでうれしくて、まともに恋愛なんてしたこともなかったバカな俺の心は満たされていった。
　テスト前の放課後は、先生の教科科目の国語をみっちりと2人きりの教室で教えてもらったり、先生は俺のことを勉強熱心な子だとしか思っていなかっただろうけど、俺は

少しでも先生と一緒にいたくて必死だったんだ。
"先生と生徒"
　絶対に報われないことも、好きになっても傷つくことくらいわかっていた。
　ダメだとは頭ではわかっていたけど、心がついていかなかったんだ。
『先生、オススメの本とかありますか？』
　ある日の放課後。
　俺は明日の授業の準備をしている先生に話しかけた。
　普段、本なんて読まない。
　それでもこんなことを言った理由は至って単純で、ただ先生とのつながりや共通点、話のネタがほしかったから。
『楓希くんがそんなこと言うの珍しいね』
『これからは読書をしていこうと思いまして……』
　俺がそう言うと、先生は優しく微笑んでうれしそうにしていた。
『お！　それはいいことだね。先生のオススメはこのミステリー小説だよ』
　そう言って、先生は自分の本棚から１冊の黒い表紙をした本を取り出した。
『へぇ。ミステリーですか』
『そう。とっても面白くて何度も読み返してるの』
『私、この本がすごく好きなの』と先生があまりにも優しく柔らかく笑うから、俺は先生から目が離せなくて見惚れていた。

本のことが好きと言っただけで、決して俺のことが好きだと言ったわけじゃないのに、まるで自分に言われているかのように錯覚してしまって心臓が早鐘を打つ。
『そうなんですか』
『あ、そうだ。この本あげるよ。私もう１冊持ってるから。このしおりも挟んどくね』
『え？　それは悪いですよ』
『いいのいいの。最初に一気に読んで、２回目からは毎日読むページや時間を決めて読むと面白いよ』
　先生がとてもうれしそうに楽しそうに話すから、俺までうれしくなって先生から本を受け取ったんだ。
　この本が、先生にとってどんな本なのかも知らずに。

　それからしばらくたって、俺が友達と遊び終わり、１人で家まで帰る途中の公園で先生らしき人を見かけて声をかけようとしたけど、その場で足を止めた。
　俺は目の前で起こっている光景が衝撃的すぎて目が離せなかった。
　俺が見たその光景とは、先生が俺の知らない男から指輪をもらって、その指輪を指にはめてキラキラと光る自分の手を見ながらうれしそうにはにかんでいたから。
　意味がわからなくて立ち止まった俺の姿を、運悪くたまたまこちらを向いた彼女の瞳が映してしまった。そのときの俺は信じられなくてショックで……夢でも見ているのではないかと思ったぐらいだった。

夢なら早く覚めてくれよ。と思ったけどそれはどうやら夢じゃなかったようで、先生は俺を見るなり一瞬驚いたように目を見開いたけど、すぐに頬を赤らめて恥ずかしそうに俺に微笑んだ。
『楓希くん、偶然ね』
　俺の気持ちなんて何も知らない先生は、男と一緒に俺に駆け寄り声をかけてきた。
　先生だって一歩、学校の外に出れば普通の女性だ。
　恋人や好きな人がいてもおかしくもないし、先生はとても魅力的だからいないほうが不思議に思うほどだ。
『……どうも』
『この子、あたしのクラスの生徒なの。とってもいい子なのよ〜』
　と、俺を知らない男に紹介する先生。
　俺はいい子なんかじゃない。
　先生が思っているほど優しくも優秀でもないんだよ。
　だって、いい子は叶うはずもない、好きになってはいけない"教師"に恋なんてしないでしょ。
　だから、俺は悪い子なんだよ、先生。
　先生の前では、いい子の仮面を被っているだけだよ。
　本当は立場とか、そんなもの全部取っ払って先生に好きだと言いたい。
　俺のことを"男"として見てほしい、本気でそう思っているんだ。
　でも、先生と一緒にいた男は当たり前だけど俺なんかよ

りもずっと大人っぽくて落ちついた感じでにっこりと笑う顔が優しく、何より先生とお似合いだった。
　だからなのか、言いたいことを言葉にすることはできなかった。
『そうかそうか。智織、こう見えてもガラスのハートだから、いろいろ助けてやってね』
　その男は俺を見て目を細め優しくはにかむ。
　そんな顔すんなよ……。
　助けてやって、なんて言うんじゃねぇよ。
　呼び捨てなんかで呼びやがって……。
　彼氏づらしてんじゃねぇよ……。
『……わかってます』
　こんなこと言いたいわけじゃなかったのに。
『この前、あげた本も彼から教えてもらったの』
　幸せそうに頬を緩ませながらそう言葉を発した先生。
　ああ、そうか。だから、あんなにうれしそうに楽しそうに話していたんだな。
　俺のことなんて興味がないと最初からわかっていたのに胸がキリキリと痛んで苦しい。
　そんな気持ちをのみ込み、俺は先生のために『そうなんですか』となんとか言葉を紡ぎ、いい子のフリを男の前で続けた。
　そして、もうその場にいるのが辛くて俺は走って家まで帰った。
　家につくころにはいつの間にか頬に涙が伝っていて、自

分は今、悲しんでいるのだとわかった。
　自分の気持ちがわからなくなるほど、頭が混乱していた。
『クソッ……』
　報われないことなんて最初からわかっていたはずなのに、どこかで浮かれて、数ミリの期待を抱いていたんだ。
　人のことを好きになることがこんなにも苦しくて、辛いものだなんて思ってもいなかった。
　俺から見ても素敵な男性になんて、勝てるわけがない。
　こんなガキで、親に頼らないと何もできないような俺が勝てるところなんてどこにもない。
　次の日、俺の傷を負った恋心に追い打ちをかけるかのような出来事が起こった。
『えーっと、皆さんにご報告があります』
　それは朝の全校朝礼のときだった。
　珍しく、教頭が舞台に上がり話しはじめた。
　その後ろにはなぜか智織先生が立っていて、変な胸騒ぎがした。
　なんで智織先生があんなところに……？
　生唾をゴクリと飲み込み、胸をドキドキと高鳴らせながら教頭の話に耳を澄ます。
『丸橋先生がこのたびご結婚させることになり、出産を控えているということもわかりました。そして急ではありますが、今月をもって退職されることとなりました』
　教頭の口から出てきた言葉たちに、俺は思わず自分の耳を疑った。

俺の中でずっと積み上げられてきた何かがグランと一気に壊れたような……そんな気がした。
　結婚ってなんだよ、妊娠って……。
　頭の中に昨日の光景がフラッシュバックされる。
　そうか、昨日先生はあの男にプロポーズされたんだ。
　その様子を不運にも俺は見てしまった。
　まさか、こんなにも早く別れが来てしまうなんて、思ってもみなかった。
　それもこんなに突然に。
　俺のひとりよがりの恋だとわかってはいたけど、鋭利な刃物で胸を引き裂かれたようにズキズキと痛んで、心臓が嫌な音を立てる。
　先生は俺に興味もなくて、抱きしめたときだってすぐに離れて拒絶されたし、２人きりで勉強していたときも先生は仕事の一環だけであって、少し動けば触れてしまいそうなほど近い距離にドキドキしていたのも俺だけ。先生にとって、当たり前だけど俺は何十人といる生徒のうちの１人にすぎなかったんだよ。
　先生との思い出が頭の中に蘇り、じわじわと悲しみが込み上げてきて、それがだんだん涙に変わり瞳に涙のフィルターがかかる。
　今は全校朝礼中……泣くわけにはいかない。
『──短い間でしたがありがとうございました』
　先生の別れの話すら、もう頭に入ってこない。
　胸がキリキリと痛んで苦しい。

こんな苦しくて辛い思いをするくらいなら、先生のことなんか好きになんてなるんじゃなかった。
　全校朝礼が終わると、俺はすぐに先生の元へと向かった。
『楓希くん……』
　名前を呼ばれただけでも俺の心臓はドクンッと正直に反応する。
　俺を見るなり、しょぼんと悲しそうに眉を八の字に下げる先生。
　だけど、少し視線を下げると視界に入るのは、キラキラとムカつくほど眩い光を放つ指輪がはめられている左手の薬指。
　それを見るだけで、胸をえぐられるような苦しみに襲われる。
『先生……』
　本当に好きだった。
　真面目で、いつもは凛としているのに、たまにドジで抜けているところも。
　笑うときはいつも手で口を隠す仕草も、髪を耳にかける仕草も。
　その細くてきれいな指に、一度でもいいから触れてみたかったんだ。
　だけど、それは叶わない。
　先生を抱きしめられるのも、その指に触れられるのも、先生のすべてを一番近くで見ていられるのは、俺じゃないあの人だから。

あの人の隣にいた先生は見たこともないくらい幸せそうに笑っていて、こんなふうに笑顔にできるのは、あの人だけなんだと思い知らされたんだ。
『おめでとうございます』
　気持ちのこもっていないお祝いの言葉を並べる。
　今の俺には、この言葉を言うのが精一杯だった。
『ありがとう。楓希くんのおかげで楽しかったよ』
　そんな社交辞令に『俺も楽しかったです』とだけ言った。
『楓希くんもいい人見つけるんだよ～！』
　そんなふうに明るく、少し瞳を潤ませて言った先生。
　あなた以上に、いい人なんて見つけられるのかな。
『頑張ります、先生みたいな人を見つけますね』
　冗談のように言うと、先生は俺の好きな笑顔を浮かべた。
『楓希くんなら、きっといい人に出会えるよ。じゃあ元気でね』
　少し寂しそうに別れの言葉を口にした先生。
『ありがとうございました。智織先生』
『こちらこそだよ』
　そう言うと、先生は皮肉にもキラキラと光る指輪をはめた左手を振って、優しく笑って出ていった。
　俺の恋は、終わったんだ。
　短いようで、長かった片想い。
　さようなら、先生。
　だけど、どうしてもまだ『幸せになってください』とは言えなかったんだ。

いつか、先生とのことを思い出にできたとき、自然にその言葉を直接伝えることができたらいいな。

　　それから、俺はがらりと変わった。
　　女と話すことをやめて、あんまり笑わなくなった。
　　信用していた女たちに"俺と先生がデキていた"なんてくだらない嘘の噂を流して、それから俺はそれを信じたヤツらから白い目で見られたりもした。
　　女なんてどうせみんな一緒で、すぐ裏切るものだと知ったんだ。
　　すべてが信じられなくて、恋をして、人と関わって傷つくのが嫌で……ずっと逃げていた。
　　先生がいなくなった学校に来る意味などあるのかと思うほど楽しくなくて、苦しかった。
　　教室にいるだけで先生との思い出が勝手に頭の中に浮かんできて、また1人でむなしくなるだけだった。
　　そして、もう二度と先生と会わないように県外の高校を受験して無事に合格した。
　　先生と会わなくなってからも俺はずっと先生を忘れられなくて、高校に入ってもそれは一緒だった。
　　先生からプレゼントとしてもらったミステリー小説と、俺には似合わない花柄のしおり。
　　先生とあの人の好きな本だとわかっていても、俺はその本を毎日欠かさずに読んで先生を思い出していた。
　　他の本に目もくれずにその本だけをずっと読んでいた。

それは、もうページがボロボロになってしまうほど。
　誰が犯人だとか、どんなトリックを使った、なんてもうわかっているけど読むことをやめられなかった。
　現国だって、いつかまた先生に会ったときに成績がよければ褒めてもらえるかもしれないなんて考えていたら、現国だけしか勉強しないようになっていた。
　何をしても、先生から抜け出すことができない。
　むしろ、俺は先生のことを忘れようともしていないのかもしれない。
　もう、俺は"智織先生"という底なし沼から自分では抜け出せないようになっていた。
　そんなときに出会ったのが、たまたま同じ部屋になったクラスメートの真心だった。
　真っ直ぐで、本当は泣き虫なくせに強がりで……最初は正直嫌いなタイプだった。
　なんでもズカズカとプライベートに踏み込まれるのは好きじゃないから。
　でも、何かに惹きつけられたかのように、いつの間にか俺の心は真心で埋められていった。
　そして少しずつ先生とのことが思い出にできていたのに、なんで……。なんで……会いに来るんだよ。

好きだけど

「ガキなりに本気で好きだったから……」
　ふぅちゃんの過去は思っていたよりも衝撃的なもので、失恋をしたときの辛さがわかるから、余計にふぅちゃんが可哀想で……。
　気づけば、あたしの瞳にも涙が溜まっていた。
　ススッと鼻をすすって、フゥと息をゆっくりと吐き出す。
　そして、ふぅちゃんの目をしっかりと見て、
「ふぅちゃん、あたしがこれから全教科教えてあげる……。それから、小説もしおりだって新しいの買いに行こう。ちょっとずつでいいから……あたしと一緒に前に進もう」
　肩を小さく震わせるふぅちゃんを抱きしめて、サラサラの髪を優しく撫でた。
　ふぅちゃんの涙があたしの肩を濡らす。
　きっと……ずっと泣いてなかったんだろうな。
　1人で抱え込んで我慢してたんだ。
　あたしも一緒になって泣きながら、ふぅちゃんの背中をさする。
　今すぐ忘れて、なんて言わないから、ちょっとずつその先生のことを思い出にしていこう？
　あたしはいつでもふぅちゃんの味方だから。

　しばらく2人で泣き合って、ついさっき、やっと2人と

も泣きやんだ。
「ありがとな……真心」
「なんかふぅちゃんにお礼を言われるのって変な感じだね」
　いつも冷たいから……なんかお礼を言われると心がくすぐったくなる。
「うっせぇ……」
「ふぅちゃん……あのね、さっきは前に進もうって言ったけど……」
　ふぅちゃんは何も言わないで黙って遠くを見つめる。
　大丈夫、あたしは言える。
　ふぅちゃんに助けてもらってきたんだ。
　今、その恩返しをしなきゃ……。
「あの先生に会いに行きなよ……会ってちゃんと話してきたほうがいい」
　あたしが、ふぅちゃんの背中を押さなきゃいけない。
　好きだからこそ、ふぅちゃんにいつまでもあの先生の存在が悲しい思い出で残るのは嫌だから。
「でも……」
　あたしがこんなこと言うなんて思っていなかったのか、彼はきょとん、とした表情であたしを見つめる。
「今ならまだあの人いると思うから！　ふぅちゃんの正直な想いを伝えなきゃ……!!」
　あたしは無理やりふぅちゃんを立ち上がらせ、玄関のほうを向かせてから、ぽんっ！と背中を軽く押す。
「ほら、ね？」

笑え……笑うんだ。真心。
　あたしは締めつけられる胸の痛みを隠しながらふぅちゃんに白い歯を見せて微笑んでみせた。
「……真心、マジでさんきゅ」
　ふぅちゃんはそれだけ言うと、全速力で駆け出して部屋から出ていった。
　バタン、と扉が閉まる音が耳に届くと、あたしはヘナヘナとその場に崩れ込んだ。
　何やってんだろ……あたし。
　でも、これでよかったんだよね？
　自分でふぅちゃんの背中を押しときながら、ちょっとは行く前にあたしのほうを振り向いてくれるかな？
　なんて、淡い期待をしてきたけどふぅちゃんは一度も振り向かなかった。
　せっかく、好きだって気づいたのにな……。
　あんなに泣くふぅちゃんを見てたら、このままでいてほしくないって気持ちのほうが強くなっちゃって……。
　ふぅちゃんは本気で好きだったから、その恋を悲しいだけの恋にしてほしくないんだ。
　そんな気持ちとはうらはらに、あたしの瞳からは涙がこぼれてカーペットにシミを作る。
　ふぅちゃん……。
　ちゃんと、後悔しないように気持ちを伝えてくるんだよ。
　フラれたら、あたしが目一杯慰めてあげるから。

このまま、俺に溺れちゃいなよ

『～～～♪』

　泣きやんでソファに腰をおろしてぼーっとしていると、突然あたしのスマホが光り、部屋中にけたたましい着信音が鳴り響いた。

　慌ててスマホの画面を見ると、【果歩】と表示されていて対応のボタンを押してスマホを耳元に近づける。

『真心！　どうだった!?』

　電話をかけてきた果歩の声はとても明るくて、それを聞いただけでなんかホッとしてまたじわじわと涙が込み上げてきた。

『……真心？　どうしたの？』

　そんなあたしの様子に気づいたのか、明らかに声のトーンが下がり、心配そうに尋ねてくる。

「果歩、あたし……バカだ……」

　震える声でそう呟く。

　果歩に、果歩と別れたあとふぅちゃんの元カノが現れて、ふぅちゃんがその人のこと本気で好きだったから気持ちを伝えに行かせたことを伝えた。

『真心、ほんとバカだね。好きなのに手放してどうすんのよ……っ！』

　怒っているように聞こえるけど、電話越しでもわかるほどその声は震えていて……。

果歩の気持ちが、ひしひしと伝わってきた。
「でも……っ」
『でも……っじゃないでしょ……！　真心のそういう優しいところは大好きだけど……。そんなウジウジしてる真心は大嫌い……！！』
　耳の鼓膜が破れてしまいそうなほどの大きな声で、果歩は泣き叫んだ。
　"大嫌い"と言われたのにもかかわらず、果歩の気持ちが今はうれしく思う。
　きっと、それはあたしを勇気づけるために言葉。
「……果歩」
『あんたには有村くんしかダメなんでしょ？　だったら、余計な考えないで行け！　真心！』
　果歩の言葉に背中を押されるようにあたしは立ち上がると、「果歩！　ありがとう！」とだけ言って電話を切り、部屋から飛び出した。
　2人がどこにいるのかなんてまったくわからない。
　でも、ただどうしようもなくふぅちゃんを取られたくなくて。
　よく考えれてみれば、このままもし不倫関係になってしまったら、またふぅちゃんは傷つくことになる。
　なのに、あたしってばなんで背中を押してんの？
　あたしが……あたしがふぅちゃんを幸せにしたいのに。
「楓希……っ」
　初めて……ちゃんと下の名前で呼んだかも。

小さく名前を呼ぶ声に風だけがヒュルルルと返事をして、当たり前だけど当の本人からの返事はない。
　どこにいるのよ……！
　どんなに探してもいない。
　近くのカフェも、２人が行きそうなところも。
　もう……ダメだ……。
　２人はもうどこかへ行ってしまったんだ。
　遅かったんだ……と思った矢先、あたしの視界に入ったのは赤いスポーツカーがマンションのほうへと向かってくるところ。
　よく見ると、運転席にはさっきの女の人が。
　そして、助手席にはふぅちゃんが座っていた。
　２人は車内で仲良さそうに会話をしている。
　やっぱり……そういう関係に……？
　でも、めげるな真心。
　諦めないで、あたしも想いをぶつけなきゃ。
　そして、マンションの近くにスポーツカーが停まり、ふぅちゃんが降りてくるのを見て、慌ててそちらに向かって走り出す。
　スポーツカーから降りてきたのは、ふぅちゃんとさっきの色っぽい女の人、そして、もう１人……きれいな女の人だった。
　もしかして、この人が智織先生？
「楓希……っ！」
「……え、真心？」

まさか、あたしが現れるなんて思ってもなかったらしく目を大きく見開いて驚いている。
「どうしてここに……？」
　不思議そうに首をかしげるふぅちゃんを無視して、あたしは智織先生と思われる人に近づく。
　目の前まで来ると、バカにされないように精一杯睨みつける。
「ふ、楓希はもうあなたのことなんとも思ってないですから！　あたしが、いい思い出に変えてみせますから！」
　今までなら絶対しなかった緊張も今はものすごく感じていて、体を支えている足がブルブルと震えている。
「できるものなら、やってみなさいよ」
　あたしは智織先生に言ったはずなのに、なぜか隣にいた女の人が勝ち誇ったような笑みをあたしに向けてそう言ってきた。
　く、悔しい……。
「その辺でやめとけよ、姉貴」
　止めに入ったのは、まさかのふぅちゃん。
　な、なんで止めるの……？
　もしかして、ふぅちゃんはこの人の味方っていうか……姉貴……!?
「そうね。そろそろ、やめにしましょう。あなた、真心ちゃんだっけ？」
　あの勝ち誇ったような笑みから一転し、今度は思わず、見惚れてしまいそうなほど素敵な笑顔を見せた女性。

「あ……はい……」
　その笑顔につられて、つい素直に返事してしまった。
　あたしは本気で対抗しに来たのに、あっさり折れすぎでしょ……!!
「あたしは、楓希の姉だから心配しないで。あたし、ブラコンだから心配で会いに来ちゃったのよ。それより楓希のこと、よろしくね。この子、こんなんだけどいい子だから」
「え……」
　まさかの展開に、あたしはポカーンと口を開けて驚くことしかできなかった。
　だって、お姉さんだったなんて。
　その隣で智織先生と思われる人がクスクスと肩を揺らして笑っている。
「わかってると思うけど、そこで笑ってるのが智織ね。で、智織が楓希に会いたがってたのも弟に抱くような気持ちだから。じゃあ、あたしは先に車に戻るわ」
　そう言うと、ふぅちゃんのお姉さんはスポーツカーに戻ってしまった。
「そうだよ。ほら、私は結婚してるし。旦那の実家がここらへんだから、せっかくこっちに来たから久しぶりに楓希くんにも会いたいなと思ってね」
　優しく笑った先生は、女のあたしでも見惚れてしまいそうなほどきれいだった。
「そう、なんですか」
　ふぅちゃんは今、どんな気持ちでいるんだろう。

「元気そうで安心したよ」
「先生こそ、いい意味で変わってなくてよかったです」
　そう言って優しく笑ったふぅちゃんの笑顔に、未練はなさそうに思える。
「私は、すごく元気よ」
「先生、俺……見つけました」
「え？」
　ふぅちゃんがそう言って、あたしのほうを照れくさそうに見た。
　な、何……？
「本気で大切にしたいって思える人に出会えました」
「ふふっ、そうみたいね。よかった」
　２人で楽しそうに会話を弾ませている。
　その光景を見ているあたしの心の中は、とても複雑な気持ちでいっぱいだ。
　ふぅちゃんがうれしそうにしているのはあたしもうれしいんだけど、その笑顔はあたしだけに向けてほしいと思ってしまう。
「先生、末永くお幸せに」
「ありがとう。彼女、泣かせちゃダメよ」
　そう言いながら先生は柔らかく笑い、再びスポーツカーに乗り込もうとした。
　でも、何かを思い出したようにあたしの耳元に顔を寄せて、『楓希くんのことよろしくね。とってもお似合いよ』と、ふぅちゃんに聞こえないような声で言うと、にっこりと微

笑みスポーツカーに乗って颯爽と去っていった。
　え……!?　こ、これはどういうこと……!?
　ふぅちゃんもこれでいいの!?
「なあ」
「……へ!?」
　1人であたふたとテンパっていると、後ろにいたふぅちゃんがあたしに声をかけた。
「な……何?」
「なんでここにいるわけ?」
　ですよね……。
　背中押したヤツがこんなところにいたら、誰だってそうなりますよね。
　好きな人との時間を邪魔したようなもんですし……。
「……いや、あのこれは……その……」
　返す言葉が見当たらず、頭の中で必死に言葉を探していると、
「俺……期待したから……今ので」
「……は?」
　思ってもみない言葉に首をかしげる。
　期待したって何を?
　全然わからないよ。
　ちゃんと言葉にして言ってくれないと。
「……新しい本もしおりも買わなくていいから。でも、その分の空いた時間はお前が俺の相手をしてよ」
　……え?　本としおりは買わずに、あたしがふぅちゃん

の相手をする……？
　あたしのことは一瞬の気の迷いで、本当は先生が好きだったんじゃないの？
「先生のこと、ちゃんと思い出にできた。お前のおかげだよ」
「ほんとに……？」
　あたしの瞳を甘い視線で見つめる彼に、あたしの鼓動はスピードを上げて加速していく。
「だから……俺が……好き……って言ったら同じ言葉が返ってくる？」
　何よ、その告白……。
　そんな甘い顔であたしを見つめないでよ。
　また……好きが募っていくじゃない。
「……返ってこない」
　いつも、あたしばっかり惑わされているから、今日はそのお返し。
「そ……」
　あからさまにしょんぼりすると、クルリと180度回転してマンションのほうへとぼとぼと歩いていく、ふぅちゃん。
　そんな彼の背中に、あたしは勢いよく飛びついた。
「……んだよ、今はそんな気分じゃ……」
「好きとは返ってこないけど」
　いきなり飛びついてきたあたしに、かなり動揺して少し怒っているようにも見える彼の言葉を遮って言った。
「はいはい。もうわかったから」
　呆れたように、そして悲しそうに言う彼の言ってること

なんか"水沢スルー"しちゃって……。
「その代わり、大好きって言葉が返ってくるよ」
　……言っちゃった。
　自分で言ったくせに恥ずかしすぎて心臓がバクバクと音を立てて、それが妙に大きく聞こえる。
「……っ」
　しばらく、そのまま何も言わずにいたけど、ふぅちゃんから返答はない。
　まさかの無視ですか。
　ここでお得意の"有村スルー"発動しちゃいます？
　人がせっかく告白したっていうのに。
　無視はないよ、無視は。
　せめて、何か言ってくれないとこっちの立場がない。
「無視とかひどいな〜」
　抱きつくのをやめて、ふぅちゃんを早歩きで抜かす。
　そっちから告白してきたくせに。
　そんなこと思っていると、後ろから腕をグッと掴まれて腕の中に引き寄せられ、彼の腕の中にすっぽりと収まった。
　な、なんじゃこりゃあ……!?
　バックハグ……!?ってそんなことはどうでもよくて、鼻をくすぐるふぅちゃんのシャンプーの香りがあたしの頭を余計にクラクラさせる。
「俺のこと……大好きってマジ？」
　その声は心なしか少しうれしそうで、いつもよりも言葉が弾んで聞こえる。

「ま、マジッす……」
　うわああ……！　もう恥ずかしくて死にそう。
　後ろから抱きしめられてる分、顔は見えないけど体温を直に感じるから心臓に悪いのには変わりない。
「……うれしい。俺も真心のこと大好き……だから」
　耳元でそっと呟かれる、あたしの胸をキュンキュンさせる言葉たち……。
　そして、甘くとろけるような柔らかくて優しい声に、あたしの心臓はだんだん騒がしくなっていく。
「あ、ありがとうございます……」
「うん。俺の彼女になる？」
『なる？』
　なんて、そんな疑問形で聞いてくるふぅちゃんは意地悪。
　今、ふぅちゃんが悪魔に見えるんだけど。
「……なってあげる」
「ハハッ……素直じゃねぇな」
「でも……なってあげる、じゃなくてなりたいんだろ？」
　笑っている……と思ったら急に声のトーンが下がり耳元でそんなことを囁くもんだから、心臓がドクンッ！と大きく飛び跳ねた。
「あと、"楓希"って下の名前で呼ばれたの……なんかキュンときた」
　ねえ……！
　これは……あたしが知っている甘々ふぅちゃんじゃないですか!?

甘々なときのふぅちゃんは、あたしの心臓を破裂させようとしてくるぐらい甘いからダメなんだってば！！
　しかも、"キュンときた"とか普通に反則なんですけど。
　顔がじわじわと熱を持っていくのがわかる。
「あたしなんか、いつもふぅちゃんにキュンとさせられてるから……今だってそうだし」
　いつも、いつもふぅちゃんがそばにいるだけでドキドキして……。
「ふーん……じゃあ……」
　ふぅちゃんはあたしの体をクルリと回転させる。
　そうすると、必然的に彼のきれいな瞳と視線が絡み合う。
　それだけであたしの心臓はドクンッドクンッと音を立てて加速していく。
「このまま、俺に溺れちゃいなよ」
　今までで一番とびきりの甘い顔で、極上に柔らかく優しい笑顔で言った彼に、あたしは何も言わずにはにかみ、彼の唇に自分の唇を優しく重ねた。
　……もう、ずっと前から溺れてるよ。
　そんな気持ちをこのキスに込めてね。

文庫限定　番外編

これからもずっと、キミの虜

「ふぅちゃん！　早くして！　みんなが来ちゃうよ」
「お前が一番遅いんだろ」
　ある日の休日。
　部屋に飾ってある時計の短針は14時を指している。
　それなのにあたしたちはバタバタと走り回っている。
　なぜかというと、今日はみんながあたしとふぅちゃんのお家に遊びにくることになっているから。
　みんなというのは校外学習やプールに行ったメンバー。
　ピンポーンと、みんなが来たことを知らせるインターフォンが部屋に鳴り響いた。
「ふぅちゃん出て！」
「はいはい」
　そう、だるそうに言いながらもふぅちゃんは玄関に行ってくれた。それが、ふぅちゃんの優しさだということはちゃんとわかっている。
　今日だって『人が多いのは嫌い』だとか言って、本当はふぅちゃんは反対していたのだ。
　それでもあたしがどうしても！とワガママを言うと、最後は折れて渋々首を縦に振ってくれた。
「よし、完璧！」
　お皿の上に作ったパンケーキやらお菓子やらを乗せ終わり、あたしもふぅちゃんのあとを追って、玄関へと向かう。

「いらっしゃい!」
　ふぅちゃんの背中からひょっこりと顔を出すと、みんながニヤッと笑った。
「なんか新婚みたいだな」
「ほんとにそれ〜!　超幸せそうじゃん!」
　なんて、口々に言い出す。
　それを聞いて視線をふぅちゃんに向けると、彼もこちらを向いていてバチッと視線が絡み合ったので慌ててそらした。
　は、恥ずかしい……!
「だってさ……それも悪くねえな」
　そう言ってクスリと意地悪そうにそして満足そうに笑ったふぅちゃんを見て、ドクンと鼓動が大きく高鳴った。
　付き合ってしばらくたっても、ふぅちゃんにドキドキしている。全然慣れないし、いつ見てもカッコいいと思う。
　自分で言うのもなんだけど、それくらいあたしはふぅちゃんにベタ惚れしているのだ。
「な、なに言ってんの!　ほら、早く行くよ!」
　照れているのがバレないようにふぅちゃんの腕を引っ張って、みんなの待つリビングに行く。
「ふっ……照れてんのバレバレ」
「うるさい!」
　ふぅちゃんの意地悪。
　リビングにつくと、みんながもう座って待っていた。
「さあ、今日はみんなで楽しもー!」

みんなが持ってきてくれたお菓子などもお皿に乗せて、お菓子パーティーが開始された。
「はい、かんぱーい！」
　　それぞれがジュースを手に持ち、乾杯をする。
　　みんなと過ごすこんな時間がとても幸せで楽しい。
　　クラス替えが嫌になってしまう。
「そういえば、俺たち付き合うことになりました」
　　そう言ったのは金田くん。
　　その隣には恥ずかしそうに俯いて、モジモジしている京香ちゃんがいた。
　　やっと付き合ったんだ!!
　　2人はいつくっつくのかな、と思っていたんだ。
「おめでとう!!」
「やっとだね!!」
「おめでと。って待って、俺だけ非リア!?」
　　お祝いの言葉が飛び交う中、ケンケンが動揺したように震える声で言った。
「そうなるね」
「どんまい、ケンケン」
「えー!?　お前らだけずるいぞ！」
　　ケンケンが金田くんとふぅちゃんに視線を向けた。
「お前、いい奴なのに彼女できねぇよな」
「かわいそー……」
「お前らわりとガチで慰めるなよ。なんかリアクションしづらいだろ！」

ケンケンはいつもどおりのいじられキャラというか、ムードメーカー的存在だ。
　その明るさがみんな大好きなのだ。
「井原くんってモテそうなのにねー」
「ちょっと菊池さんまでやめてくれない!?」
「あ、ごめんごめん」
　こういう、なんでもない時間がとても楽しい。
　やっぱりみんなといると幸せで楽しいなぁ。
「まあ、でもケンケンって優しいからね」
「さすが、マコマコ！　よくわかってる！」
　ケンケンの優しさはすごくて、本当に海のように広い心の持ち主。だから、そんな人に一時期だけど好意を持ってもらえてたのはすごくありがたいことだよね。
　それからみんなでトランプをしたり、他愛のない会話で盛り上がったりしていたら17時になり、お開きにすることになった。
「今日はありがとう！　また来るね」
「お邪魔しましたー！」

　みんなが帰り、静かになったリビングにふぅちゃんと2人きり。みんながいて、ふぅちゃんと話す機会もあんまりなかったから余計にドキドキしてしまう。
「あーやっと帰った」
　そう言いながら、ソファに腰をおろしたふぅちゃん。
　やっぱり楽しくなかったのかな？

「やっぱり嫌だった？」
「んー、案外楽しかったよ」
「ならよかった」
「でも……」
　その言葉とともにあたしの腕が引っ張られ、よろけたあたしはふぅちゃんの腕の中にすっぽりと収められた。
「な、何……？」
「真心との時間が減っちまった」
「っ……」
　急にそんなこと言うなんて、ずるいよ。
　心臓が早鐘を打ちはじめる。
　ふぅちゃんの甘さは相変わらずだ。
「つーか、井原に媚び売るなよ」
「売ってない！」
「別に喋んなとは言わねえけど……ちょっと妬く」
　ちょっと拗ねたように言うふぅちゃんはとてもかわいい。
　そんなこと本人に言ったら殺されそうだけど。
「ふふっ……ありがとう！」
「意味不明」
「ごめんね。次から気をつけるから」
「ん。これから真心を充電する時間な」
「またそれ!?」
　何かと充電したがるよね。
　でも、あたしもあたしでそれが嫌じゃない。

それはきっと、ふぅちゃんだから。
「真心」
「何？」
「嫌いの反対は？」
「……」
　ふぅちゃんはあたしに何を言わそうとしているんだろう。
　絶対言ってやらないんだからね！
「し、知らない」
「ふーん」
「ふぅちゃんは知ってるんでしょ？　言ってみてよ」
「無理」
　無理ってなんで？　っていうか、なんか拗ねてる？
「ねえ、ふぅちゃん」
「……」
「最近、あの本読んでないね」
　そう、ふぅちゃんは最近あの本を読んでいない。
　ふぅちゃんはあたしと付き合い始めてからというもの、あの本を読まなくなり、普通に日々を過ごしている。
　本自体は捨てたわけではなく、大切に本棚にしまってある。少しでもふぅちゃんが前に進めているなら、あたしはうれしい。
「何？　読んでほしいの？」
「ううん、そういうわけじゃない」
「もー、俺の中では過去になってるから。今は本よりも面

白いもん見つけたし」
「何を見つけたの？」
　もしかして、また新しい本かな？
　それとも、ゲームとか？
「お前のことだよ、バーカ」
　そう言うと、ふぅちゃんは優しい顔を浮かべながらあたしの頭をコツンと突いた。
　たったそれだけのことなのに、顔から湯気が出そうなくらい熱を帯びていくのがわかる。きっと今あたしの顔はトマトのように真っ赤なんだろうなぁ。
「なっ……」
「本よりもお前と一緒にいたい」
「ズルいよ」
「顔、真っ赤じゃん。かわい」
　あたしのほっぺを、すっと親指で触る。
　ドクンドクンと高鳴る鼓動はなかなか静まらない。
　静まるどころかどんどん大きくなって、このままふぅちゃんに聞こえてしまうんじゃないかと思うほど。
　ふぅちゃんはいつもずるい。
　しかも、甘すぎて日々愛されているなぁと感じる。
「……誰のせいだと思ってんのよ」
「俺のせいだろ。知ってるよ」
　悪びれる様子もなく、そういうふぅちゃん。
　意地悪だ。
「さ、さあ！　ご飯作らないと！」

時刻はもう18時を過ぎていた。
　いい加減、夕飯の支度をしないといけない。
　今日の当番はあたしだし。
「まだ」
「まだじゃないの」
　そう言ってふぅちゃんの腕から抜け出そうとするけど、なかなか抜け出せない。
「……あとちょっとだけ」
　まるで子犬のような目であたしを見つめてくるから何も言えなくなってしまい、さらにあたしの胸はキュンと小さく音を立てる。
「あと５分だけね」
「……ん」
　何を言うわけでもなく、ただぎゅっとあたしを抱きしめて優しくそっと頭を撫でてくれる。
　そんな時間がたまらなく好きだったりする。
　ふぅちゃんと過ごす時間が好きすぎて、ずっとこのままでいたいと思ってしまう。あんなに嫌がっていた同居も、今では終わってほしくないと願うほど。
　こんなに、ふぅちゃんに夢中になっている自分がいることに少し驚いてしまう。
「ふぅちゃん、離れて」
　そしてあっという間に５分がたち、ふぅちゃんに声をかける。すると、ふぅちゃんは少し寂しそうな顔をしながらあたしから離れた。

こういうところもかわいいなぁ。
　素直に離れてくれたふぅちゃんをソファに残して、あたしはキッチンへと向かう。
　何を作ろうかな〜！
　よし、今日はふぅちゃんと初めて夕食を食べた日に作ったオムライスにしよう。
　そう思い、準備を始めた。

　準備も中盤に差しかかったところで、温かいものに後ろから包まれた。
　そんなことをする犯人は、1人しかいない。
「ちょっと、ふぅちゃん。座ってて」
「嫌だ」
「抱きしめられるとやりづらいよ」
「……知らねえ」
　なんだそれは。本当に動きづらいのに……。
　でも背中から感じるふぅちゃんの体温や鼻をかすめる大好きな香りに、鼓動を高鳴らせているあたしもあたしだ。
　こういうのを幸せって言うんだろうなぁ。
　あたし、めちゃくちゃ幸せだ。
「ケチャップかけちゃうよ？」
　少し意地悪をしてやろうとそう言うと、ふぅちゃんがあたしの耳をパクッと甘噛みした。
「ひゃあ……っ」
　そんなことをされると思っていないあたしの口からは自

分でも驚くほど甘い声が漏れ、思わず全身の力が抜けた。
　でも、ふぅちゃんが支えてくれたおかげで床にしゃがみ込むことはなかった。
　こんなの反則だよ……！
「かわい。もっと聞きたいな」
「な、何言ってんの！　ご飯だよ、ご飯！
　ていうか、本気でケチャップかけちゃうからね！」
「かけたいならかけなよ。……ただし」
　そう後ろから挑発してきたふぅちゃん。
「かけた瞬間、ちゅーするから」
「なっ……」
「すぐになんてやめてやんねえからな」
　顔は見えないけど、たぶん意地悪そうな顔して笑っているんだと思う。
　ふぅちゃんって意外と意地悪なところあるから。
「わ、わかったよ！　かけない！　かけません！」
「偉いじゃん」
　そう言うと、あたしのほっぺにちゅっとキスを落とした。
　キスされたところがじんじんと熱を帯びていく。
「し、しないって言ったじゃん！」
　思わず、ふぅちゃんのほうを振り向いたあたし。
　すると、彼は意地悪な笑みを浮かべていた。
「何？　ここがよかった？」
　あたしの唇をすっと親指でなぞりながら首をかしげるふぅちゃん。

あたしを捉えているその瞳は、まるで離さないとでも言われているように思える。
「ち、ちが……んんっ」
　否定の言葉を述べる前に、ふぅちゃんの唇があたしの唇に押しつけられた。
「んっ……」
　甘く、とろけるようなキスに不本意な声が漏れる。
　は、恥ずかしい……。
　なんでふぅちゃんはこんなに平然としてるんだろ。
　一瞬、唇が離れて目を開けると、視界いっぱいにふぅちゃんのきれいな顔が映った。
「かわいすぎる真心が悪いんだからな。もっと欲しくなる」
　そういうと、再び唇を押しつけ、先ほどとは違う啄むようなキスにまた前進が抜けてしまう。
　すると、あたしの腰をぐいっと引き寄せ、もっと密着するあたしたちの距離。
　あたしもふぅちゃんの腰に腕を回し、この甘すぎる時間に溺れた。
　だけど次の瞬間、あたしのお腹がぐぅ〜と鳴った。
「あっ……」
「ほんっと、お前ってヤツは」
　そう呆れながらも笑ったふぅちゃん。
　今、絶対いい感じの雰囲気だったのに!!
　甘いムードを、ぶち壊してしまった……。
　しっかりしてよ、あたしのお腹さん……。

「ほら、メシにすんぞ」
　そう言ってふぅちゃんはあたしか離れると、イズに腰をおろして料理が出てくるのを待っている。
　はぁ……本当に後悔。
　ふぅちゃんと過ごす甘い時間は、あたしの幸せな時間の１つなのに。
　しょんぼりとしていたのがふぅちゃんもわかってしまったのか、こちらにまた戻ってきた。
「そんな顔すんなって……続きは食い終わってからな」
　意地悪そうに笑ってぼそっと耳元で囁くと、あたしの髪にまたキスを落とした。
「べ、別にいらないよ!!」
「あー、はいはい。強がんなって」
「強がってなんかない！」
「とにかく、早く飯に……って……」
　あたしが食べようとしているオムライスを見て、言葉を失っているふぅちゃん。
　や、やっぱりキモいとか思われたかな……？
　あたしが食べるオムライスには、【ふぅちゃん♡】と書いたのだ。
　気づかれる前に食べようと思ってたのに……。
「ご、ごめんね。気持ち悪いよね……って、え？」
　ふぅちゃんの顔を見ると、耳まで真っ赤になっていた。
　そして、あたしの視線に気づいた彼は慌てて口元を手で抑えて視線をそらした。

「マジ、キモい」
　言葉ではそう言っていても、そんな赤い顔で言われたら説得力ないよ。
「照れてるんだー、かわいい」
「……うるさい」
　さっきまで余裕そうな表情を浮かべていたけど、今は顔から火が出そうなくらい赤面しているふぅちゃん。
「好きだよ、ふぅちゃん。大好き」
「お前、そーいうのやめろよ」
「なんで？　ダメ？」
「ダメじゃないけど……なんかズルい。うざい」
　ますます照れているふぅちゃんに、あたしは自分から彼の唇にキスを落とした。
「ほら、早く食べよ」
　あたしまで恥ずかしくなってきて、オムライスが乗ってあるお皿を両手に持っていき、机に置いた。
　すると、ふぅちゃんも後ろからついてきて、お互いやっとイスに腰をおろした。
「「いただきます」」
　それぞれ、口の中にオムライスを運ぶ。
　んー、我ながらおいしくできている。
　チラッとふぅちゃんのほうを盗み見たはずが、あちらもあたしを見ていたようでバチッも視線が絡み合ってしまった。
「お、おいしい？」

「……うまいよ」
　ふわり、と優しく笑いながら言ってくれたふぅちゃん。
　その笑顔に、あたしの心臓はうるさくなっていく。
　出会ったころはそんなこと言ってくれなかったのに、今ではこんなにも距離が縮まるなんて、あのころのあたしたちからは考えられないよね。

　それから他愛もない話をしながらオムライスを食べ終わり、今はソファで2人してくつろいでいる。
「出会ったころはさ、こんなふうになるなんて思ってもなかったよね」
　さっき、オムライスを食べていた時に思っていたことを口にする。
「……ああ」
「ふぅちゃんのこと、うざいと思ってたし嫌いだったもん」
　大嫌いだったのに、いつからかそれが好きに変わっていたんだよ。
「ふーん」
「今は好きだよ。大好きすぎるくらいに」
　恥ずかしくなって視線をそらせば、ふぅちゃんの手が伸びてきて、あたしの顎をぐいっとすくい上げた。
「俺のこと好きすぎじゃん」
「……ダメ？」
「ずっとそれでいいよ」
　そう言うと、ふぅちゃんはあたしの唇と自分の唇を重ね

た。すぐ離れたと思ったら、優しい顔で柔らかく微笑む。
「……俺はもっとお前のことが好きだよ」
　そしてそう続けると、再び唇を重ねてきた。
　角度を変えて、どんどん深くなっていくその甘いキスに幸せと愛おしさを感じながら、あたしはふぅちゃんの首に腕を回した。
　これからもずっと、ツンデレで甘いキミにあたしは夢中で溺れ続けていくんだと思う。
「なぁ、真心」
「ん？」
「俺、もう、お前しか無理だから」
「……っ」
「……かわいすぎ」
　再び始まる甘い時間にあたしは溺れていく。

　ねぇ、ふぅちゃん。
　大好きって言葉じゃ収まりきらないくらい好きで、ふぅちゃんへの気持ちがいつも溢れちゃってるよ。
　───このまま、俺に溺れちゃいなよ。
　いつか、キミが言ったその言葉どおり、あたしは今もこれからもずっと、キミの虜になって溺れるよ。

END

あとがき

このたびは、数ある作品の中から「ツンデレ王子と、溺愛同居してみたら。」を手に取っていただきましてありがとうございます。

いつも応援してくださる皆様のおかげで、4冊目を出版させていただけることになりました。

本当にありがとうございます。

この作品は私が初めてクール男子を書いた作品です。

いつもは俺様男子を書くことが多いので、クールな男の子を書くにはとても苦戦しました。

ですが、いつもクールな男の子が、好きな女の子にだけとても甘い素顔を見せるところが私自身とても気に入っていて、今まで書いてきた作品の中で上位に入るほど激甘な作品に仕上がっています（笑）

真心は名前のとおり真っ直ぐな性格で強気な女の子ですが、危なっかしいところもあるので、男の子が守ってあげたくなるような、そんな女の子を目指して書きました。

ふぅちゃんの甘さと不器用な優しさに、少しでも胸キュンしていただけたなら幸いです。

恋愛に臆病になってしまった女の子と、女嫌いになり恋愛から目を背けていた男の子。

そんな２人が出会い、お互いを知り、さらに想い・支え合うことで２人で進んでいくお話にもなっているので、そこにも注目していただけたらな、と思います。

　何かに挫折してもずっと立ち止まったままではなく、少しずつ前に進むことも大切だと思います。
　それは、恋愛も一緒なのではないかと思います。
　ですから、もし失恋してしまっても、きっとまた素敵な人に巡り会えるはずです。

　最後になりましたが、理想の２人をとても可愛く素敵に描いてくださった奈院ゆりえ様、この作品に携わってくださったすべての皆様に心より感謝を申し上げます。

　あなたに素敵な恋が訪れますように。
　最大級の愛と感謝を込めて。

2019年12月25日　ＳＥＡ

作・SEA (しー)

奈良県在住。12月生まれの射手座。マイペースで人見知り。赤西仁とジャニーズが大好き。『俺様王子とKissから始めます。』で書籍化デビュー。『俺が愛してやるよ。』『それでもキミが好きなんだ』(スターツ出版刊) が書籍化される。現在は、ケータイ小説サイト「野いちご」にて活動中。

絵・奈院ゆりえ (ないんゆりえ)

6月12日生まれ、福岡県出身。 趣味は映画鑑賞とカフェ巡り。代表作に『お嬢と東雲①〜③』(フレックスコミックス)、『今からあなたを脅迫します』原作／藤石波矢 (講談社) など。noicomiにて『狼くんにたべられそうです!』(原作『狼彼氏×天然彼女』ばにぃ／著) をコミカライズ。

ファンレターのあて先

〒104-0031

東京都中央区京橋1-3-1

八重洲口大栄ビル7F

スターツ出版 (株) 書籍編集部 気付

ＳＥＡ先生

この物語はフィクションです。
実在の人物、団体等とは一切関係がありません。

ツンデレ王子と、溺愛同居してみたら。

2019年12月25日　初版第1刷発行

著　者	SEA
	©sea 2019
発行人	菊地修一
デザイン	カバー　足立恵里香
	フォーマット　黒門ビリー&フラミンゴスタジオ
DTP	朝日メディアインターナショナル株式会社
編　集	黒田麻希
編集協力	酒井久美子
発行所	スターツ出版株式会社
	〒104-0031　東京都中央区京橋1-3-1　八重洲口大栄ビル7F
	出版マーケティンググループ　TEL03-6202-0386
	(ご注文等に関するお問い合わせ)
	https://starts-pub.jp/
印刷所	共同印刷株式会社
	Printed in Japan

乱丁・落丁などの不良品はお取り替えいたします。上記出版マーケティンググループまでお問い合わせください。
本書を無断で複写することは、著作権法により禁じられています。
定価はカバーに記載されています。

ISBN：978-4-8137-0817-9　C0193

読むたび何度でも恋をする…全力恋宣言！
毎月25日はケータイ小説文庫の日♥

心に沁みるピュアラブやキラキラの青春小説、
「野いちご」ならではの胸キュン小説など、注目作が続々登場！

ケータイ小説文庫　2019年12月発売

『モテモテな憧れ男子と、両想いになりました。』

人気者の同級生と1日限定でカップルのフリをしたり、友達だと思っていた幼なじみに独占欲全開で迫られたり、完全無欠の生徒会長に溺愛されたり。イケメンとの恋にドキドキ♪　青山そらら、SELEN、ぱにぃ、みゅーな**、天瀬ふゆ、蒼生茉由佳、Chaco、十和、*あいら*、9名の人気作家による短編集。
ISBN978-4-8137-0816-2
定価：本体630円+税
ピンクレーベル

『ツンデレ王子と、溺愛同居してみたら。』SEA・著

学校の寮で暮らす高2の真心。部屋替えの日に自分の部屋に行くと、なぜか男子がいて…。でも、学校からは部屋替えはできないと言われる。同部屋の有村くんはクールでイケメンだけど、女嫌いな有名人。でも、優しくて激甘なところもあって!?　そんな有村くんの意外なギャップに胸キュン必至！
ISBN978-4-8137-0817-9
定価：本体590円+税
ピンクレーベル

『可愛がりたい、溺愛したい。』みゅーな**・著

美少女なのに地味な格好をして過ごす高2の帆乃。幼なじみのイケメン依生に「帆乃以外の女の子なんて眼中にない」と溺愛されているけれど、いまだ恋人未満の微妙な関係。それが突然、依生と1ヵ月間、二人きりで暮らすことに！　独占欲全開で距離をつめてくる彼に、ドキドキさせられっぱなし!?
ISBN978-4-8137-0818-6
定価：本体590円+税
ピンクレーベル

書店店頭にご希望の本がない場合は、
書店にてご注文いただけます。